A*t*V

Netty Reiling, die sich später ANNA SEGHERS nannte, wurde 1900 in Mainz geboren. 1920–1924 Studium in Heidelberg und Köln: Kunst- und Kulturgeschichte, Geschichte und Sinologie. Erste Veröffentlichung 1924: »Die Toten auf der Insel Djal«. 1925 Heirat mit dem Ungarn Laszlo Radvanyi. Umzug nach Berlin. 1928 »Aufstand der Fischer von St. Barbara.« Kleist-Preis. Eintritt in die KPD. Beitritt zum Bund proletarisch-revolutionärer Schriftsteller. 1933 Flucht über die Schweiz nach Paris, 1941 von Marseille nach Mexiko. 1943 schwerer Verkehrsunfall. 1947 Rückkehr nach Berlin. Georg-Büchner-Preis. 1950 Mitglied des Weltfriedensrates. 1952–1978 Vorsitzende des Schriftstellerverbandes der DDR. Ehrenbürgerin von Berlin und Mainz. 1983 in Berlin gestorben.

Romane: Die Gefährten (1932); Der Kopflohn (1933); Der Weg durch den Februar (1935); Die Rettung (1937); Das siebte Kreuz (1942); Transit (1944); Die Toten bleiben jung (1949); Die Entscheidung (1959); Das Vertrauen (1968). Zahlreiche Erzählungen und Essayistik.

Als Anna Seghers diese Erzählungen schrieb, lebte sie in Mexiko, im Exil. »Der Ausflug der toten Mädchen und andere Erzählungen« war eine der ersten Publikationen, die im deutschsprachigen Exilverlag Aurora in New York erschien. Im Klappentext des Bandes beschrieb Wieland Herzfelde, Freund und Verleger Anna Seghers', die faszinierende Wirkung dieser Prosa: »Stärker noch als die Thematik ergreift der Stil dieser Erzählungen. Wie ein Magnet ordnet er der inneren Zusammengehörigkeit nach Gegenstände und Vorgänge, die örtlich und zeitlich weit voneinander liegen. Diese schwierige, höchste Kunst erfordernde Erzählungsweise meistert die Dichterin mit einer so warmen, anschaulichen Sprache, daß der Leser, gebannt und entrückt, ein ganz naturhaft und mühelos Berichtetes zu erfahren meint.«

# Anna Seghers

# Der Ausflug
# der toten Mädchen

## und andere Erzählungen

Aufbau Taschenbuch Verlag

ISBN 3-7466-5171-9

7. Auflage 2001
Aufbau Taschenbuch Verlag GmbH, Berlin
© Aufbau-Verlag GmbH, Berlin 1948
Umschlaggestaltung Torsten Lemme unter
Verwendung eines Gemäldes von August Macke
»Mädchen unter Bäumen«, 1914
Satz LVD GmbH, Berlin
Druck Elsnerdruck, Berlin
Printed in Germany

www.aufbau-taschenbuch.de

# Inhalt

# Der Ausflug der toten Mädchen

»Nein, von viel weiter her. Aus Europa.« Der Mann sah mich lächelnd an, als ob ich erwidert hätte: »Vom Mond.« Er war der Wirt der Pulqueria am Ausgang des Dorfes. Er trat vom Tisch zurück und fing an, reglos an die Hauswand gelehnt, mich zu betrachten, als suche er Spuren meiner phantastischen Herkunft.

Mir kam es plötzlich genauso phantastisch wie ihm vor, daß ich aus Europa nach Mexiko verschlagen war. – Das Dorf war festungsartig von Orgelkakteen umgeben wie von Palisaden. Ich konnte durch eine Ritze in die graubraunen Bergabfälle hineinsehen, die, kahl und wild wie ein Mondgebirge, durch ihren bloßen Anblick jeden Verdacht abwiesen, je etwas mit Leben zu tun gehabt zu haben. Zwei Pfefferbäume glühten am Rand einer völlig öden Schlucht. Auch diese Bäume schienen eher zu brennen als zu blühen. Der Wirt hatte sich auf den Boden gehockt, unter den riesigen Schatten seines Hutes. Er hatte aufgehört, mich zu betrachten, ihn lockten weder das Dorf noch die Berge, er starrte bewegungslos das einzige an, was ihm unermeßliche, unlösbare Rätsel aufgab: das vollkommene Nichts.

Ich lehnte mich gegen die Wand in den schmalen Schatten. Um Rettung genannt zu werden, dafür war die Zuflucht in diesem Land zu fragwürdig und zu ungewiß. Ich hatte Monate Krankheit gerade hinter mir, die mich hier erreicht hatte, obwohl mir die mannigfachen Gefahren des Krieges nichts hatten anhaben können. Wie es bisweilen zu gehen pflegt, die Rettungsversuche der Freunde

7

hatten die offensichtlichen Unglücke von mir gebannt und versteckte Unglücke beschworen. – Ich konnte, obwohl mir die Augen vor Hitze und Müdigkeit brannten, den Teil des Weges verfolgen, der aus dem Dorf in die Wildnis führte. Der Weg war so weiß, daß er in die Innenseiten der Augenlider geritzt schien, sobald ich die Augen schloß. Ich sah auch am Rand der Schlucht den Winkel der weißen Mauer, die mir bereits vom Dach meiner Herberge aus in dem großen, höher gelegenen Dorf, aus dem ich heruntergestiegen war, in den Augen gelegen hatte. Ich hatte sofort nach der Mauer und nach dem Rancho gefragt oder was es sonst war, mit seinem einzelnen, vom Nachthimmel gefallenen Licht, doch niemand hatte mir Auskunft geben können. Ich hatte mich auf den Weg gemacht. Trotz Schwäche und Müdigkeit, die mich schon hier zum Ausschnaufen zwangen, mußte ich selbst herausfinden, was es mit dem Haus auf sich hatte. Die müßige Neugierde war nur der Restbestand meiner alten Reiselust, ein Antrieb aus gewohnheitsmäßigem Zwang. Ich würde, sobald sie befriedigt war, sofort zu dem vorgeschriebenen Obdach zurücksteigen. Die Bank, auf der ich ausruhte, war bis jetzt der letzte Punkt meiner Reise, sogar der äußerste westliche Punkt, an den ich jemals auf Erden geraten war. Die Lust auf absonderliche, ausschweifende Unternehmungen, die mich früher einmal beunruhigt hatte, war längst gestillt, bis zum Überdruß. Es gab nur noch eine einzige Unternehmung, die mich anspornen konnte: die Heimfahrt.

Das Rancho lag, wie die Berge selbst, in flimmrigem Dunst, von dem ich nicht wußte, ob er aus Sonnenstaub bestand oder aus eigener Müdigkeit, die alles vernebelte, so daß die Nähe entwich und die Ferne sich klärte wie eine Fata Morgana. Ich stand auf, da mir meine Müdigkeit schon zuwider war, wodurch der Dunst vor meinen Augen ein wenig verrauchte.

Ich ging durch den Einschnitt in der Palisade aus Kakteen und dann um den Hund herum, der, wie ein Kadaver völlig reglos, mit Staub bedeckt, auf dem Weg schlief, mit abgestreckten Beinen. Es war kurz vor der Regenzeit. Die offenen Wurzeln kahler, verschlungener Bäume klammerten sich an den Abhang, im Begriff zu versteinern. Die weiße Mauer rückte näher. Die Wolke von Staub oder auch von Müdigkeit, die sich schon ein wenig gelichtet hatte, verdichtete sich, in den Bergeinschnitten nicht dunkel wie Wolken sonst, sondern glänzend und flimmrig. Ich hätte an mein Fieber geglaubt, wenn nicht ein leichter heißer Windstoß die Wolken wie Nebelfetzen nach anderen Abhängen verweht hätte.

Es schimmerte grün hinter der langen weißen Mauer. Wahrscheinlich gab es einen Brunnen oder einen abgeleiteten Bach, der das Rancho mehr bewässerte als das Dorf. Dabei sah es unbewohnt aus mit dem niedrigen Haus, das auf der Wegseite fensterlos war. Das einzelne Licht gestern abend hatte wahrscheinlich, wenn es keine Täuschung gewesen war, dem Hofhüter gehört. Das Gitterwerk war, längst überflüssig und morsch, aus dem Toreingang gebrochen. Doch gab es im Torbogen noch die Reste eines von unzähligen Regenzeiten verwaschenen Wappens. Die Reste des Wappens kamen mir bekannt vor, wie die steinernen Muschelhälften, in denen es ruhte. Ich trat in das leere Tor. Ich hörte jetzt inwendig zu meinem Erstaunen ein leichtes, regelmäßiges Knarren. Ich ging noch einen Schritt weiter. Ich konnte das Grün im Garten jetzt riechen, das immer frischer und üppiger wurde, je länger ich hineinsah. Das Knarren wurde bald deutlicher, und ich sah in dem Gebüsch, das immer dichter und saftiger wurde, ein gleichmäßiges Auf und Ab von einer Schaukel oder von einem Wippbrett. Jetzt war meine Neugier wach, so daß ich durch das Tor lief, auf die Schaukel zu. Im selben Augenblick rief jemand: »Netty!«

Mit diesem Namen hatte mich seit der Schulzeit nie-

mand mehr gerufen. Ich hatte gelernt, auf alle die guten
und bösen Namen zu hören, mit denen mich Freunde und
Feinde zu rufen pflegten, die Namen, die man mir in vielen Jahren in Straßen, Versammlungen, Festen, nächtlichen Zimmern, Polizeiverhören, Büchertiteln, Zeitungs-
berichten, Protokollen und Pässen beigelegt hatte. Ich
hatte sogar, als ich krank und besinnungslos lag, manchmal auf jenen alten, frühen Namen gehofft, doch der
Name blieb verloren, von dem ich in Selbsttäuschung
glaubte, er könnte mich wieder gesund machen, jung, lustig, bereit zu dem alten Leben mit den alten Gefährten,
das unwiederbringlich verloren war. Beim Klang meines
alten Namens packte ich vor Bestürzung, obwohl man
mich immer in der Klasse wegen dieser Bewegung verspottet hatte, mit beiden Fäusten nach meinen Zöpfen.
Ich wunderte mich, daß ich die zwei dicken Zöpfe anpak-
ken konnte: Man hatte sie also doch nicht im Kranken-
haus abgeschnitten.

Der Baumstumpf, auf den die Wippschaukel genagelt
war, schien auch zuerst in einer dicken Wolke zu stehen,
doch teilte und klärte sich die Wolke sogleich in lauter
Hagebuttenbüsche. Bald glänzten einzelne Butterblumen
in dem Bodendunst, der aus der Erde durch das hohe und
dichte Gras quoll, der Dunst verzog sich, bis Löwenzahn
und Storchschnabel gesondert dastanden. Dazwischen
gab es auch bräunlichrosa Büschel von Zittergras, das
schon beim Hinsehen bebte.

Auf jedem Ende der Schaukel ritt ein Mädchen, meine
zwei besten Schulfreundinnen. Leni stemmte sich kräftig
mit ihren großen Füßen ab, die in eckigen Knopfschuhen
steckten. Mir fiel ein, daß sie immer die Schuhe eines älteren Bruders erbte. Der Bruder war freilich schon im
Herbst 1914 im ersten Weltkrieg gefallen. Ich wunderte
mich zugleich, wieso man Lenis Gesicht gar keine Spur
von den grimmigen Vorfällen anmerkte, die ihr Leben
verdorben hatten. Ihr Gesicht war so glatt und blank wie

ein frischer Apfel, und nicht der geringste Rest war darin, nicht die geringste Narbe von den Schlägen, die ihr die Gestapo bei der Verhaftung versetzt hatte, als sie sich weigerte, über ihren Mann auszusagen. Ihr dicker Mozartzopf stand beim Schaukeln stark vom Nacken ab. Sie hatte mit zusammengezogenen dichten Brauen in ihrem runden Gesicht den entschlossenen, etwas energischen Ausdruck, den sie von klein auf bei allen schwierigen Unternehmungen annahm. Ich kannte die Falte in ihrer Stirn, in ihrem sonst spiegelglatten und runden Apfelgesicht, von allen Gelegenheiten, von schwierigen Ballspielen und Wettschwimmen und Klassenaufsätzen und später auch bei erregten Versammlungen und beim Flugblätterverteilen. Ich hatte dieselbe Falte zwischen ihren Brauen zuletzt gesehen, als ich zu Hitlers Zeit, kurz vor der endgültigen Flucht, in meiner Vaterstadt meine Freunde zum letztenmal traf. Sie hatte sie früher auch in der Stirn gehabt, als ihr Mann zur vereinbarten Zeit nicht an den vereinbarten Ort kam, woraus sich ergab, daß er in der von den Nazis verbotenen Druckerei verhaftet worden war. Sie hatte auch sicher Brauen und Mund verzogen, als man sie gleich darauf selbst verhaftete. Die Falte in ihrer Stirn, die früher nur bei besonderen Gelegenheiten entstand, wurde zu einem ständigen Merkmal, als man sie im Frauenkonzentrationslager im zweiten Winter dieses Krieges langsam, aber sicher an Hunger zugrunde gehen ließ. Ich wunderte mich, wieso ich ihren Kopf, der durch das breite Band um den Mozartzopf beschattet war, bisweilen vergessen konnte, wo ich doch sicher war, daß sie selbst im Tod ihr Apfelgesicht mit der eingekerbten Stirn behalten hatte.

Auf der anderen Schaukelseite hockte Marianne, das hübscheste Mädchen der Klasse, die hohen dünnen Beine vor sich auf dem Brett verschränkt. Sie hatte die aschblonden Zöpfe in Kringeln über die Ohren gesteckt. In ihrem Gesicht, so edel und regelmäßig geschnitten wie die Gesichter der steinernen Mädchenfiguren aus dem Mittelalter im Dom von Marburg, war nichts zu sehen als Heiterkeit und Anmut. Man sah ihr ebensowenig wie einer Blume Zeichen von Herzlosigkeit an, von Verschulden oder Gewissenskälte. Ich selbst vergaß sofort alles, was ich über sie wußte, und freute mich ihres Anblicks. Durch ihren stracksen mageren Körper lief jedesmal ein Ruck, wenn sie, ohne sich abzustoßen, den Schwung der Schaukel verstärkte. Sie sah aus, als ob sie auch mühelos abfliegen könnte, die Nelke zwischen den Zähnen, mit ihrer festen kleinen Brust in dem grünleinenen, verwachsenen Kittel.

Ich erkannte die Stimme der ältlichen Lehrerin, Fräulein Mees, auf der Suche nach uns, dicht hinter der niedrigen Mauer, die den Schaukelhof von der Kaffeeterrasse abtrennte. »Leni! Marianne! Netty!« Ich packte nicht mehr vor Erstaunen meine Zöpfe. Die Lehrerin hatte mich ja mit den anderen zusammen bei gar keinem anderen Namen rufen können. Marianne zog die Beine von der Schaukel und stellte, sobald das Brett nach Lenis Seite abwärts wippte, ihre Füße fest auf, damit Leni bequem absteigen konnte. Dann legte sie einen Arm um Lenis Hals und zupfte ihr behutsam Halme aus dem Haar. Mir kam jetzt alles unmöglich vor, was man mir über die beiden erzählt und geschrieben hatte. Wenn Marianne so vorsichtig die Schaukel für Leni festhielt und ihr mit soviel Freundschaft und soviel Behutsamkeit die Halme aus dem Haar zupfte und sogar ihren Arm um Lenis Hals schlang, dann konnte sie sich unmöglich mit kalten Worten später schroff weigern, Leni einen Freundschaftsdienst zu tun. Sie konnte unmöglich die Antwort über die Lippen bringen, sie kümmere sich nicht um ein Mädchen, das irgendwann, irgendwo einmal zufällig in ihre Klasse gegangen sei. Ein jeder Pfennig, an Leni und deren Familie gewandt, sei herausgeworfen, ein Betrug am Staat. Die Gestapobeamten, die nacheinander beide Eltern verhaftet hatten, erklärten vor den Nachbarn, das schutzlos zurückgebliebene Kind der Leni gehöre sofort in ein nationalsozialistisches Erziehungsheim. Darauf fingen Nachbarsfrauen das Kind am Spielplatz ab und hielten es versteckt, damit es nach Berlin zu Verwandten des Vaters fahren könnte. Sie liefen, um Reisegeld zu leihen, zu Marianne, die sie früher manchmal Arm in Arm mit Leni erblickt hatten. Doch Marianne weigerte sich und fügte hinzu, ihr eigener Mann sei ein hoher Nazibeamter, und Leni samt ihrem Mann seien zu Recht arretiert, weil sie sich gegen Hitler vergangen hätten. Die Frauen fürchteten sich, sie würden noch selbst der Gestapo angezeigt.

Mir flog durch den Kopf, ob Lenis Töchterlein eine ähnlich eingekerbte Stirn gezeigt hatte wie ihre Mutter, als sie dann doch zur Zwangserziehung abgeholt wurde.

Jetzt zogen die beiden, Marianne und Leni, von denen eine ihres Kindes verlustig gegangen war durch das Verschulden der anderen, die Arme gegenseitig um die Hälse geschlungen, Schläfe an Schläfe gelehnt, aus dem Schaukelgärtchen. Ich wurde gerade ein wenig traurig, kam mir, wie es in der Schulzeit leicht geschah, ein wenig verbannt vor aus den gemeinsamen Spielen und herzlichen Freundschaften der anderen. Da blieben die beiden noch einmal stehen und nahmen mich in die Mitte.

Wir zogen wie drei Küken hinter der Ente, hinter Fräulein Mees her auf die Kaffeeterrasse. Fräulein Mees hinkte ein wenig, was sie, zusammen mit ihrem großen Hintern, einer Ente noch ähnlicher machte. Auf ihrem Busen, im Blusenausschnitt, hing ein großes schwarzes Kreuz. Ich hätte ein Lächeln verbissen, wie Leni und Marianne, doch milderte sich die Belustigung über ihren komischen Anblick durch eine schwer damit zu vereinende Achtung: Sie hatte später das klobige schwarze Kreuz im Kleidausschnitt nie abgelegt. Sie war ganz freimütig furchtlos statt mit einem Hakenkreuz mit ebendiesem Kreuz nach dem verbotenen Gottesdienst der Bekenntniskirche umhergegangen.

Die Kaffeeterrasse am Rhein war mit Rosenstöcken bepflanzt. Sie schienen, mit den Mädchen verglichen, so regelrecht, so kerzengerade, so wohlbehütet wie Gartenblumen neben Feldblumen. Durch den Geruch von Wasser und Garten drang verlockend Kaffeegeruch. Von den mit rot-weiß karierten Tüchern gedeckten Tischen vor dem langgestreckten niedrigen Gasthaus tönte das Gesumm junger Stimmen wie ein Bienenschwarm. Mich zog es zuerst dichter ans Ufer, damit ich die unbegrenzte sonnige Weite des Landes in mich einatmen konnte. Ich riß die zwei anderen, Leni und Marianne, zum Gartenzaun, wo wir in den Fluß sahen, der graublau und flimmrig an der Wirtschaft vorbeiströmte. Die Dörfer und Hügel auf dem gegenüberliegenden Ufer mit ihren Äckern und Wäldern spiegelten sich in einem Netz von Sonnenkringeln. Je mehr und je länger ich um mich sah, desto freier konnte ich atmen, desto rascher füllte sich mein Herz mit Heiterkeit. Denn fast unmerklich verflüchtigte sich der schwere Druck von Trübsinn, der auf jedem Atemzug gelegen hatte. Bei dem bloßen Anblick des weichen, hügeligen Landes gedieh die Lebensfreude und Heiterkeit statt der Schwermut aus dem Blut selbst, wie ein bestimmtes Korn aus einer bestimmten Luft und Erde.

Ein holländischer Dampfer mit einer Kette von acht Schleppkähnen fuhr durch die im Wasser widergespiegelten Hügel. Sie fuhren Holz. Die Schiffersfrau, umtanzt von ihrem Hündchen, kehrte gerade das Verdeck. Wir Mädchen warteten, bis im Rhein die weiße Spur hinter dem Zug aus Holzschleppern verschwunden war und nichts mehr im Wasser zu sehen als der Abglanz des gegenüberliegenden Ufers, der mit dem Abglanz unseres diesseitigen Gartens zusammenstieß. Wir machten kehrt zu den Kaffeetischen, voran unser wackliges Fräulein Mees, die mir gar nicht mehr drollig vorkam, mit ihrem ebenfalls wackligen Brustkreuz, das für mich auf einmal bedeutsam und unumstößlich geworden war und feierlich wie ein Wahrzeichen.

Vielleicht gab es unter den Schulmädchen auch mürrische und schmierige: In ihren bunten Sommerkleidern, mit ihren hüpfenden Zöpfen und lustigen Kringeln sahen sie alle frisch und festlich aus. Weil die meisten Plätze besetzt waren, teilten sich Marianne und Leni Stuhl und Kaffeetasse. Eine kleine stupsnäsige Nora, mit dünnem Stimmchen, mit zwei um den Kopf gewundenen Zöpfen, in kariertem Kleidchen, schenkte selbstbewußt Kaffee ein und teilte Zucker aus, als sei sie selbst die Wirtin. Marianne, die sonst ihre ehemaligen Mitschülerinnen zu vergessen pflegte, erinnerte sich noch deutlich dieses Ausflugs, als Nora, die Leiterin der Nationalsozialistischen Frauenschaft geworden war, sie dort als Volksgenossin und ehemalige Schulkameradin begrüßte.

Die blaue Wolke von Dunst, die aus dem Rhein kam oder immer noch aus meinen übermüdeten Augen, vernebelte über allen Mädchentischen, so daß ich die einzelnen Gesichter von Nora und Leni und Marianne und wie sie sonst hießen, nicht mehr deutlich unterschied, wie sich keine einzelne Dolde mehr abhebt in einem Gewirr wilder Blumen. Ich hörte eine Weile das Gestreite, wo die jüngere Lehrerin, Fräulein Sichel, die gerade aus dem Gasthaus trat, sich am besten setzen könnte. Die Dunstwolke verschwebte von meinen Augen, so daß ich Fräulein Sichel genau erkannte, die frisch und hell gekleidet einherkam wie ihre Schülerinnen.

Sie setzte sich dicht neben mich, die hurtige Nora schenkte ihr, der Lieblingslehrerin, Kaffee ein: In ihrer Gefälligkeit und Bereitschaft hatte sie Fräulein Sichels Platz sogar geschwind mit ein paar Jasminzweigen umwunden.

Das hätte die Nora sicher, wäre ihr Gedächtnis nicht ebenso dünn gewesen wie ihre Stimme, später bereut, als Leiterin der Nationalsozialistischen Frauenschaft unserer Stadt. Jetzt sah sie mit Stolz und beinahe sogar mit Verliebtheit zu, wie Fräulein Sichel einen von diesen Jasminzweigen in das Knopfloch ihrer Jacke steckte. Im ersten Weltkrieg würde sie sich noch immer freuen, daß sie in einer Abteilung des Frauendienstes, der durchfahrende Soldaten tränkte und speiste, die gleiche Dienstzeit wie Fräulein Sichel hatte. Doch später sollte sie dieselbe Lehrerin, die dann schon greisenhaft zittrig geworden war, mit groben Worten von einer Bank am Rhein herunterjagen, weil sie auf einer judenfreien Bank sitzen wollte. Mich selbst durchfuhr plötzlich, da ich dicht neben ihr saß, wie ein schweres Versäumnis in meinem Gedächtnis, als ob ich die höhere Pflicht hätte, mir auch die winzigsten Einzelheiten für immer zu merken, daß das Haar von Fräulein Sichel keineswegs von jeher schneeweiß war, wie ich es in Erinnerung hatte, sondern in der Zeit unseres Schulausfluges duftig braun, bis auf ein paar weiße Strähnen an ihren Schläfen. Es waren ihrer jetzt noch so wenig weiße, daß man sie zählen konnte, doch mich bestürzten sie, als sei ich zum erstenmal heute und hier auf eine Spur des Alters gestoßen. Alle übrigen Mädchen an unserem Tisch freuten sich mit Nora über die Nähe der jungen Lehrerin, ohne zu ahnen, daß sie später das Fräulein Sichel bespucken und Judensau verhöhnen würden.

Die älteste von uns allen, Lore – sie trug Rock und Bluse und rötliches onduliertes Haar und hatte schon längst echte Liebschaften –, war inzwischen von einem Tisch zum anderen gegangen, um selbstgebackenen Kuchen zu verteilen. In diesem Mädchen wohnten allerlei kostbare häusliche Begabungen zusammen, die sich teils auf die Liebes-, teils auf die Kochkunst bezogen. Die Lore war immerzu überaus lustig und gefällig und zu drolligen Witzen und Streichen aufgelegt. Ihr ungewöhnlich frühzeitig begonnener, von den Lehrerinnen streng gerügter leichtfertiger Lebenswandel führte zu keiner Heirat und sogar zu keiner ernsthaften Liebesbeziehung, so daß sie, als die meisten längst würdige Mütter waren, noch immer wie heute aussah, als Mitschülerin, kurzröckig, mit großem, rotem, genäschigem Mund. Wie konnte es da mit ihr so ein finsteres Ende nehmen. Freiwilliges Sterben durch eine Röhre Schlafpulver. Ein verärgerter Naziliebhaber hatte sie, da ihre Untreue Rassenschande hieß, mit Konzentrationslager bedroht. Er hatte lange umsonst gelauert, sie endlich mit dem gesetzlich verbotenen Freund zu überraschen. Doch trotz seiner Eifersucht und Strafgier war ihm der Nachweis erst gelungen, als kurz vor diesem Krieg bei einer Fliegeralarmprobe der Luftwart alle Einwohner aus Zimmern und Betten in den Keller zwang, auch die Lore mit dem verfemten Liebsten.

Sie schenkte nun heimlich, was uns aber doch nicht entging, ein übriggebliebenes Zimtsternchen der ebenfalls auffällig hübschen, pfiffigen, mit zahllosen natürlichen Löckchen geputzten Ida. Sie war ihr in der Klasse die einzige Freundin, da Lore sonst wegen ihrer Belustigungen ziemlich schief angesehen wurde. Wir munkelten viel über die fidelen Verabredungen von Ida und Lore, auch über ihre gemeinsamen Besuche der Schwimmanstalten, wo sie gelenkige Gefährten zum Freischwimmen trafen. Ich weiß nur nicht, warum Ida, die heimlich das Zimtsternchen nagte, nie von der Feme der Mütter und Töchter getroffen wurde, vielleicht, weil sie eine Lehrerstochter war und Lore eine Friseurstochter. Ida machte beizeiten Schluß mit dem lockeren Leben, aber es kam auch bei ihr nicht zur Heirat, weil ihr Bräutigam vor Verdun fiel. Dieses Herzeleid trieb sie zur Krankenpflege, damit sie wenigstens den Verwundeten nützlich werden könnte. Da sie ihren Beruf mit dem Friedensschluß 1918 nicht aufgeben wollte, trat sie bei den Diakonissinnen ein. Ihre Lieblichkeit war schon ein wenig verwelkt, ihre Löckchen waren schon ein wenig grau, wie mit Asche bestreut, als sie Funktionärin bei den nationalsozialistischen Krankenschwestern wurde, und wenn sie auch in dem jetzigen Krieg keinen Bräutigam hatte, ihr Wunsch nach Rache, ihre Erbitterung waren immer noch wach. Sie prägte den jüngeren Pflegerinnen die staatlichen Anweisungen ein, die zur Vermeidung von Gesprächen und falschen Mitleidsdiensten bei der Pflege Kriegsgefangener mahnten. Doch ihre Anweisung, den frisch gekommenen Mull ausschließlich für Landsleute zu verwenden, nützte gar nichts. Denn an dem Ort ihrer neuen Tätigkeit, in das Spital weit hinter der Front, schlug eine Bombe ein, die Freunde und Feinde zerknallte und natürlich auch ihren Lockenkopf, über den jetzt noch einmal Lore fuhr mit fünf manikürten Fingern, wie nur sie allein in der Klasse welche hatte.

Gleichzeitig schlug Fräulein Mees mit dem Löffel an die Kaffeetasse und befahl uns, unseren Geldbeitrag zum Kaffee in den Zwiebelmusterteller zu werfen, den sie gerade mit ihrer Lieblingsschülerin um die Tische herumschickte. Genauso flink und beherzt hatte sie später für die von den Nazis verpönte Bekenntniskirche gesammelt, wo sie, an solche Ämter gewöhnt, zuletzt Kassiererin geworden war. Kein ungefährliches Amt, aber sie hatte ebenso frisch und natürlich das Scherflein gesammelt. Die Lieblingsschülerin Gerda klapperte heute lustig mit dem Sammelteller und trug ihn dann zur Wirtin. Gerda war, ohne schön zu sein, einnehmend und gewandt, mit einem stutenartigen Schädel, mit grobem, zottigem Haar, starken Zähnen und schönen braunen, ebenfalls pferdeartigen, treuen und sanft gewölbten Augen. Sie jagte gleich darauf von der Wirtin zurück – auch darin glich sie einem Pferdchen, daß sie immer im Galopp war –, um die Erlaubnis zu erbitten, sich von der Klasse zu sondern und das nächste Schiff benutzen zu dürfen. Sie hatte im Gasthaus erfahren, daß das Kind der Besitzerin schwer erkrankt war. Da zu seiner Pflege sonst niemand da war, wollte Gerda die Kranke besorgen. Fräulein Mees beschwichtigte alle Einwände von Fräulein Sichel, und Gerda galoppierte zu ihrer Krankenpflege wie zu einem

Fest. Sie war zur Krankenpflege und Menschenliebe geboren, zum Beruf einer Lehrerin in einem aus dem Bestand der Welt fast verschwundenen Sinn, als sei sie auserlesen, überall Kinder zu suchen, denen sie vonnöten war, und sie entdeckte auch immer und überall Hilfsbedürftige. Wenn auch ihr Leben zuletzt unbeachtet und sinnlos endete, so war darin doch nichts verloren, nicht die bescheidenste ihrer Hilfeleistungen. Ihr Leben selbst war leichter vertilgbar als die Spuren ihres Lebens, die im Gedächtnis von vielen sind, denen sie einmal zufällig geholfen hat. Wer aber war denn zur Stelle, ihr selbst zu helfen, als ihr eigener Mann, gegen ihr Verbot und gegen ihre Drohung, die Hakenkreuzfahne, wie es der neue Staat befahl, zum Ersten Mai heraushängte, weil man ihm sonst die Stelle gekündigt hätte? Niemand war da, um sie rechtzeitig zu beruhigen, als sie, vom Markt heimlaufend, die schauerlich geflaggte Wohnung erblickte, voll Scham und Verzweiflung hinaufstürzte und den Gashahn aufdrehte. Niemand stand ihr bei. Sie blieb in dieser Stunde hoffnungslos allein, wie vielen sie selbst auch beigestanden hatte.

Ein Dampfer tutete vom Rhein her. Wir reckten unsere Köpfe. Auf seinem weißen Rumpf stand in goldener Schrift »Remagen«. Obwohl er weitab trieb, konnte ich den Namen mit meinen kranken Augen glatt entziffern. Ich sah das Rauchgekräusel überm Schornstein und die Luken der Kajüte. Ich verfolgte die Fahrbahn des Dampfers, die sich in einem fort glättete und in einem fort neu entstand. Meine Augen hatten sich inzwischen in der gewohnten vertrauten Welt eingewöhnt, ich sah alles noch schärfer als bei der Durchfahrt des holländischen Schleppers. Es haftete diesem Dampferchen »Remagen« auf dem breiten stillen Strom, Dörfer streifend und Hügelketten und Wolkenzüge, eine durch nichts verlorene, durch nichts verlierbare Klarheit an, die durch nichts auf der Welt zu trüben war. Ich hatte auch bereits selbst auf dem Deck des Dampfers und in den Bullaugen die bekannten Gesichter festgestellt, die die Mädchen jetzt laut ausriefen: »Lehrer Schenk! Lehrer Reiß! Otto Helmholz! Eugen Lütgens! Fritz Müller!«

Alle Mädchen riefen miteinander: »Das ist das Realgymnasium! Das ist die Unterprima!« Ob diese Klasse, die wie wir ihren Ausflug machte, hier bei der nächsten Damperstation halten würde? Fräulein Sichel und Fräulein Mees befahlen nach kurzer Beratung uns Mädchen das Aufstellen in Viererreihen, da sie auf jeden Fall das Zusammentreffen der beiden Klassen vermeiden wollten. Marianne, deren Zöpfe sich bei der Schaukelfahrt aufgelöst hatten, begann ihre Schnecken über den Ohren frisch aufzustecken, denn ihre Freundin Leni, mit der sie seit der gemeinsamen Schaukelei den Stuhl geteilt hatte, stellte mit besseren Augen fest, Otto Fresenius sei auch an Bord, Mariannes liebster Werber und Tänzer. Leni flüsterte ihr überdies zu: »Sie steigen hier aus; er zeigt mit der Hand.«

Fresenius, ein dunkelblonder schlaksiger Junge von siebzehn Jahren, der schon längst hartnäckig vom Schiff herwinkte, wäre auch zu uns herübergeschwommen, um mit seinem Mädchen vereint zu sein. Marianne hing den Arm fest um Lenis Hals, ihr war die Freundin, an die sie sich später überhaupt nicht mehr erinnern wollte, als man um ihre Hilfe bat, wie eine echte Schwester, in Freud und Not der Liebe eine gute Betreuerin, die gewissenhaft Briefe und heimliche Zusammentreffen vermittelte. Marianne, die immer ein schönes gesundes Mädchen war, wurde durch die bloße Nähe des Freundes ein solches Wunder an Zartheit und Anmut, daß sie wie ein sagenhaftes Kind von allen Schulmädchen abstach. Otto Fresenius hatte bereits daheim seiner Mutter, mit der er Geheimnisse teilte, seine Zuneigung verraten. Da die Mutter sich selbst an der glücklichen Wahl freute, meinte sie, daß einmal später, wenn man gebührend wartete, nichts einer Ehe im Wege stünde. Zum Verlobungsfest kam es dann auch, aber zur Hochzeit nie, denn der Bräutigam fiel ja schon 1914 in einem Studentenbataillon in den Argonnen.

Der Dampfer »Remagen« machte jetzt eine Drehung zum Landungssteg. Unsere zwei Lehrerinnen, die zur Heimfahrt der Mädchen das Schiff aus entgegengesetzter Richtung abwarten mußten, begannen sofort, uns abzuzählen. Leni und Marianne sahen gespannt dem Dampfer entgegen. Leni drehte so neugierig ihren Kopf, als ob sie ahne, daß auch ihre eigene Zukunft, der Ablauf ihres eigenen Schicksals, von der Vereinigung oder Trennung des Liebespaares abhänge. Wär es allein nach Leni gegangen statt nach Kaiser Wilhelms Mobilmachung und später nach den französischen Scharfschützen, die beiden wären sicher ein Paar geworden. Sie fühlte genau, wie gut die zwei jungen Leute an Herz und Körper zusammenpaßten. Dann hätte sich Marianne auch später nie geweigert, für Lenis Kind zu sorgen. Otto Fresenius hätte vielleicht schon vorher Mittel gefunden, der Leni zur Flucht zu verhelfen. Er hätte wahrscheinlich dem zarten schönen Gesicht seiner Frau Marianne nach und nach einen solchen Zug von Rechtlichkeit, von gemeinsam geachteter Menschenwürde eingeprägt, der sie dann verhindert hätte, ihre Schulfreundin zu verleugnen.

Jetzt kam Otto Fresenius, dem ein Geschoß im ersten Weltkrieg den Bauch zerreißen sollte, von seiner Liebe angespornt, als erster über den Landungssteg auf den Wirtsgarten zu. Marianne, die eine Hand nie von Lenis Schulter wegzog, gab ihm ihre freie Hand und überließ sie ihm. Nicht nur der Leni und mir, uns Kindern allen war es klar, daß diese zwei ein Liebespaar waren. Sie gaben uns zum erstenmal, nicht geträumt, nicht gelesen aus Dichtungen oder Märchen oder aus klassischen Dramen, sondern echt und wirklich, den richten Begriff eines Liebespaares, wie es die Natur selbst geplant und zusammengefügt hat.

21

Einen Finger noch immer in seinen gehängt, zeigte Mariannes Gesicht einen Ausdruck völliger Ergebenheit, der jetzt zum Ausdruck ewiger Treue wurde zu dem hohen, mageren, dunkelblonden Jungen, um den sie auch, wenn ihr Feldpostbrief mit dem Stempel »Gefallen« zurückkommt, wie eine Witwe in Schwarz trauern wird. In diesen schweren Tagen, in denen Marianne, die ich doch früher das Leben anbeten sah mit seinen großen und kleinen Freuden, ob es um ihre Liebe ging oder um die Wippschaukel, am Leben schlechthin verzweifelte, würde die Freundin Leni, um die sie jetzt ihren Arm gelegt hielt, die Bekanntschaft des Urlaubers Fritz machen, aus einer Eisenbahnerfamilie unserer Stadt. Während Marianne lange Zeit von einer schwarzen Wolke umhüllt war, in verzweifelter Anmut, in tieftrauriger Lieblichkeit, war Leni der reifste, rosigste Apfel. Die beiden Freundinnen waren dadurch eine Zeitlang auf die gewöhnliche menschliche Weise entfremdet, mit der Leid und Glück entfremdet sind. Nach dem Ablauf der Trauerzeit würde sich Marianne nach verschiedenen Treffen in Kaffeewirtschaften am Rheinufer, mit ineinandergehakten Fingern wie jetzt und dem gleichen Ausdruck ewiger Treue wie jetzt auf dem länglichen sanften Gesicht, eine neue Verbindung mit einem gewissen Gustav Liebig wählen, der den ersten Weltkrieg heil überstanden hatte und der später in unserer Stadt SS-Sturmbannführer werden sollte. Das wäre Otto Fresenius, selbst wenn er gesund aus dem Krieg gekommen wäre, nie geworden, weder SS-Sturmbannführer noch Vertrauensmann der Gauleitung. Die Spur von Gerechtigkeit und Rechtlichkeit, die seinen Zügen schon jetzt im Knabengesicht unverkennbar innewohnte, machte ihn untauglich für eine solche Laufbahn und solchen Beruf. Leni war nur beruhigt, als sie erfuhr, daß ihre Klassengefährtin, an der sie damals noch hing wie an einer Schwester, sich in ein frisches, neue Freuden versprechendes Schicksal gefunden hatte. Sie war genau wie jetzt viel zu töricht, um zu ahnen, daß die Schicksale der Knaben und Mädchen zusammen das Schicksal der Heimat, das Schicksal des Volkes ausmachen, daß darum über kurz oder lang das Leid oder Glück ihrer Klassenfreundin sie selbst beschatten oder besonnen könnte. Mir entging jetzt genausowenig wie Leni das lautlose, unaustilgbare Gelöbnis im Gesicht Mariannes, das leicht, wie zufällig, an den Arm des Freundes gelehnt war, die Bürgschaft unzerstörbarer Zusammengehörigkeit. Leni atmete tief auf, als sei es für sie ein besonderes Glück, Zeuge solcher Liebe zu sein. Ehe sie, Leni und ihr Mann, von der Gestapo verhaftet sein würden, sollte Marianne von ihrem neuen Mann Liebig, dem sie auch ewige Treue gelobt hatte, so viel verächtliche Worte über den Mann ihrer Schulfreundin hören, daß ihr selbst bald die Freundschaft mit einem für so verächtlich gehaltenen Mädchen entglitt. Lenis Mann hatte sich mit allen Mitteln gesträubt, in die SA oder SS einzutreten. Mariannes Mann, der stolz auf Rang und Ordnung war, wäre dort in der SS sein Vorgesetzter geworden. Wie er merkte, daß Lenis Mann den von ihm für so ehrenvoll gehaltenen Eintritt verschmähte, machte er die Behörden der kleinen Stadt auf den nachlässigen Untertan aufmerksam.

Nach und nach war die ganze Knabenklasse mit ihren zwei Lehrern gelandet. Ein gewisser Herr Neeb, ein junger Lehrer mit blondem Schnurrbärtchen, ließ nach einer Verbeugung gegen die beiden Lehrerinnen seinen scharfen Blick über uns Mädchen gehen, wobei er feststellte, daß Gerda, die er unwillkürlich suchte, nicht dabei war. Gerda pflegte und wusch noch immer im Gasthaus das kranke Kind der Wirtin, ahnte nichts von dem Knabenzustrom draußen im Garten, auch nicht, daß sie der Lehrer Neeb bereits vermißte, dem sie schon bei anderen Gelegenheiten durch ihre braunen Augen und durch ihre Hilfsbereitschaft aufgefallen war. Erst nach 1918, nach dem Abschluß des ersten Weltkrieges, als die Gerda

schon selbst Lehrerin war und schon beide die Schulver-
besserungen der Weimarer Republik unterstützten, sollten sie sich endgültig in dem jüngst gegründeten »Bund
entschiedener Schulreformer« treffen. Aber die Gerda
blieb den alten Zielen und Wünschen treuer als er. Nachdem er endlich mit dem Mädchen verheiratet war, das er
wegen ihrer Gesinnung gewählt hatte, achtete er bald ein
Zusammenleben in Frieden und Wohlstand höher als die
gemeinsame Gesinnung. Deshalb hing er auch die Hakenkreuzfahne aus seinem Wohnzimmerfenster, denn
das Gesetz bedrohte ihn im Unterlassungsfall, seine Stel-
lung und dadurch das Brot für seine Familie zu verlieren.

Nicht nur mir war Neebs Enttäuschung aufgefallen,
weil er in unserer Schar das Mädchen Gerda nicht sah, die
er später so sicher finden und zu der Seinen machen
sollte, daß er dadurch ihren Tod mitverschuldete. Else
war, glaube ich, die Jüngste von uns allen, ein dickzöpfi-
ges rundes Mädchen mit einem runden, kirschenroten
Mund. Sie äußerte scheinbar beiläufig, gleichmütig, daß
noch eine von uns, Gerda, im Gasthaus geblieben sei, um
ein erkranktes Kind zu versorgen. Else, die ich und alle
bald vergaßen in ihrer Kleinheit und Unauffälligkeit, wie
man eben an irgendeinem Strauch eine bestimmte dicke
Knospe vergißt, hatte noch gar keine eigenen Liebesge-
schichten, liebte es aber, die der anderen ausfindig zu machen und darin herumzustöbern. Jetzt belehrte sie das
Aufglänzen in den Augen des Herrn Neeb, daß sie richtig
geraten hatte, sie fügte scheinbar zufällig hinzu: »Das
Krankenzimmer ist gleich hinter der Küche.« Während
die Else solchermaßen ihre Schlauheit erprobte, und sie
konnte mit ihren glitzernden Kinderaugen Neebs Gedanken viel besser entziffern als mit erwachsenen, durch Erfahrung getrübten Augen, sollte ihre eigene Liebe noch
lange auf sich warten lassen. Denn ihr künftiger Mann,
der Schreiner Ebi, ging erst noch in den Krieg. Er hatte
schon damals Spitzbärtchen und Bäuchlein und war viel

älter als sie. Als er die immer noch runde und stupsnäsige Else nach dem damaligen Friedensschluß zur Schreinermeisterin machte, kam es ihm im Geschäft gelegen, daß sie inzwischen Buchhaltung auf der Handelsschule gelernt hatte. Beiden war die Schreinerei wichtig und ihre drei Kinder. Der Schreiner pflegte später zu sagen, für ihn laufe sein Handwerk gleich, ob in Darmstadt, der Provinzialhauptstadt, großherzogliche oder sozialdemokratische Ministerräte säßen. Auch Hitlers Macht und den Ausbruch des neuen Krieges sah er wie eine Art böses Naturereignis an, wie ein Gewitter oder wie einen Schneesturm. Er war damals schon ziemlich gealtert. Auch in Elses buschigen Zöpfen gab es manche graue Strähnen. Seine Meinung zu ändern fand er wohl auch keine Zeit, als bei dem englischen Fliegerangriff auf Mainz innerhalb fünf Minuten seine Frau Else, er selbst, seine Kinder und seine Gesellen das Leben verließen, mit seinem Haus und seiner Werkstatt in Staub und Fetzen verwandelt.

Während die Else, fest und rund wie ein Knödelchen, durch nichts anderes zu zersplittern als durch eine Bombe, in ihre Mädchenreihe hineinsprang, nahm Marianne ihren Platz in der äußersten Ecke der hintersten Reihe ein, wo Otto noch immer neben ihr stehen konnte, ihre Hand in seiner. Sie sahen über den Zaun weg ins Wasser, wo sich ihre Schatten mit den Spiegelbildern der Berge und Wolken vermischten und der weißen Mauer der Ausflugswirtschaft. Sie sprachen nichts miteinander, sie waren sich völlig gewiß, daß nichts sie trennen konnte, keine Viererreihen und keine Dampferabfahrt, nicht einmal später der gemeinsame Tod im geruhsamen Alter in einer Schar gemeinsam gezeugter und aufgezogener Kinder.

Der ältere Lehrer der Knabenklasse – er schlürfte dahin und räusperte sich, er hieß bei den Buben der »Greis« – kam über den Landungssteg in den Garten, von seinen Knaben umgeben. Sie setzten sich flink und gierig an den Tisch, den wir Mädchen eben verlassen hatten, und die Wirtin, die froh war, daß ihr krankes Kind noch immer von Gerda betreut wurde, brachte ihr frisches, blauweißes Zwiebelmustergeschirr. Der Knabenklassenchef, Lehrer Reiß, fing seinen Kaffee zu schlecken an. Es klang, als schlürfe ein bärtiger Riese.

Umgekehrt wie es sonst geschieht, erlebte der Lehrer das Absterben seiner jungen Schüler im folgenden und im jetzigen Krieg, in schwarzweißroten und in Hakenkreuzregimentern. Er aber überlebte alles unbeschadet. Denn er wurde allmählich zu alt, nicht bloß für Kämpfe, sondern auch für auslegbare Äußerungen, die ihn hätten in Haft und Konzentrationslager bringen können.

Während die teils gesitteten, teils strolchigen Buben, die um den »Greis« herumbummelten, den Kobolden aus der Sage glichen, war der Mädchenschwarm drunten im Garten piepsig und elfig. Bei unserer Abzählung hatte man festgestellt, daß ein paar Mädchen fehlten. Lore saß in der Knabenklasse, denn sie blieb immer so lange wie möglich, heute sowohl wie ihr ganzes, übrigens durch Nazieifersucht schlecht beendetes Leben, in männlicher Gesellschaft. Neben ihr kicherte eine gewisse Elli, die ihren Tanzstundenfreund plötzlich entdeckt hatte, Walter, ein pausbäckiges Knäblein. Jetzt waren die zu seinem Kummer noch kurzen Höschen zu stramm über seinem festen Hintern, später würde er, ein zwar schon ältlicher, aber noch äußerst ansehnlicher SS-Mann, als Transportleiter Lenis verhafteten Mann für immer fortbringen. Leni stellte sich weiter sorgfältig schräg, damit Marianne die letzten Worte mit ihrem Liebsten wechseln konnte, ohne daß sie nur ahnen konnte, von wieviel künftigen Feindschaften sie hier im Garten umgeben war. Ida, die künftige Diakonissin, trottete pfeifend mit drolligen Tanzschritten zu uns herunter: die runden Kulleraugen der kleinen Burschen und die schrägen, behaglichen des alten Kaffeeschlürfers von Lehrer lagen erfreut auf ihrem

Lockenkopf, um den ein Samtband gedreht war. Einmal im russischen Winter 1943, wenn ihr Spital unerwartet unter dem Bombardement liegt, wird sie genauso klar wie ich jetzt an das Samtbändchen in ihrem Haar denken und an das weiße, sonnige Wirtshaus und den Garten am Rhein und an die ankommenden Knaben und die abfahrenden Mädchen.

Marianne hatte die Hand ihres Otto Fresenius losgelassen. Sie hatte auch ihren Arm nicht mehr auf Lenis Schulter, sie stand in ihrer Mädchenreihe allein und verlassen im Nachdenken der Liebe. Trotz dieser irdischsten aller Gesinnungen stach sie jetzt von den anderen Mädchen durch eine beinahe überirdische Schönheit ab. Otto Fresenius kehrte zu dem Knabentisch zurück, Seite an Seite mit dem jungen Lehrer Neeb. Der betrug sich ohne Spott und Fragen wie ein guter Kamerad, weil er ja in derselben Klasse ein Mädchen suchte und weil er auch bei den Allerjüngsten Liebesunternehmungen achtete. Da diesen Jungen, den Otto, soviel rascher als den älteren Lehrer der Tod von seiner Liebsten reißen würde, blieb ihm im kurzen Leben Treue für immer gewährt und alles Böse erspart, alle Versuchungen, alle Gemeinheit und Schande, denen der ältere Mann zum Opfer fiel, als er für sich und Gerda eine staatlich bezahlte Stelle retten wollte.

Fräulein Mees, mit dem mächtigen, unzerstörbaren Kreuz auf dem Busen, bewachte sorgfältig uns Mädchen, damit keines vor der Ankunft eines Dampfers zu ihrem Tanzstundenfreund durchbrannte. Fräulein Sichel war auf die Suche nach einer gewissen Sophie Meier gegangen, fand sie auch schließlich auf der Wippschaukel mit einem Jungen, Herbert Becker, zusammen, der genau wie sie selbst schmächtig und bebrillt war, so daß sie eher Geschwistern glichen als einem Liebespaar. Herbert Becker jagte beim Anblick der Lehrerin davon. Ich sah ihn noch oft durch unsere Stadt jagen, grinsend und Grimassen schneidend. Er hatte noch immer das gleiche bebrillte, pfiffige Bubengesicht, als ich ihn vor wenigen Jahren in Frankreich wiedertraf, da er gerade aus dem spanischen Bürgerkrieg kam. Sophie wurde von Fräulein Sichel wegen ihrer Rumtreiberei ausgescholten, so daß sie ihre von Tränen feucht gewordene Brille putzen mußte. Nicht nur das Haar der Lehrerin, in dem ich auch jetzt wieder verwundert ein Gemisch grauer Strähnen feststellte, auch das Haar der Schülerin Sophie, jetzt noch so schwarz wie Ebenholz, wie das Haar Schneewittchens, sollte über und über weiß sein, als sie zusammen im vollgepferchten plombierten Waggon von den Nazis nach Polen deportiert wurden. Sophie war sogar völlig verhutzelt und veraltert, als sie in den Armen von Fräulein Sichel wie eine gleichaltrige Schwester überraschend abstarb.

Wir trösteten Sophie und putzten ihre Brillengläser, als Fräulein Mees in die Hände klatschte zum Abzug an die Dampferstation. Wir schämten uns, weil die Knabenklasse beobachtete, wie man uns aufmarschieren ließ, und weil sich alle über den schiefen wackligen Entengang unserer Lehrerin belustigten. Nur bei mir milderte sich der Spott durch die Achtung vor ihrer immer gleichgebliebenen Haltung, der auch die Vorladung vor das von Hitler in Szene gesetzte Volksgericht mit Androhung von Gefängnis nichts anhaben konnte. Wir warteten alle zusammen auf dem Landungssteg, bis unser Dampfer sein Seil auswarf. Mir erschien das Auffangen des Seiles durch den Bootsmann, das Winden des Seiles um den Pflock, das Aufstellen der Schiffsbrücke ungemein behende, der Willkomm einer neuen Welt, die Bürgschaft unserer Wasserfahrt, so daß alle Reisen über unendliche Meere von einem Kontinent zum anderen verblaßten und abenteuerlich wurden wie Kinderträume. Sie waren bei weitem nicht so erregend, so wirklichkeitstreu im Geruch von Holz und Wasser, im leichten Geschwank der Schiffsbrücke, im Knirschen der Seile wie der Antritt der zwanzig Minuten langen Rheinfahrt nach meiner Vaterstadt.

Ich sprang aufs Verdeck, um nahe am Steuerrad zu sitzen. Das Schiffsglöckchen läutete, das Seil wurde eingeholt, der Dampfer drehte. Sein weißer glitzernder Bogen von Schaum grub sich in den Fluß ein. Mir fielen alle weißen Schaumritzen ein, die alle möglichen Schiffe unter allen möglichen Breitengraden in die Meere gefurcht hatten. Die Flüchtigkeit und die Unverrückbarkeit einer Fahrt, die Bodenlosigkeit und die Erreichbarkeit des Wassers hatten sich mir nie mehr so stark einprägen können. Da stellte sich plötzlich Fräulein Sichel vor mich. Sie sah in der Sonne sehr jung aus in ihrem getupften Kleid mit ihrer festen kleinen Brust. Sie sagte zu mir mit blanken grauen Augen, weil ich gern fahre und weil ich gern Aufsätze schreibe, sollte ich für die nächste Deutschstunde eine Beschreibung des Schulausfluges machen.

Alle Mädchen der Schulklasse, die das Verdeck der Kajüte vorzogen, kamen um mich herum herauf auf die Bänke gestürzt. Aus dem Garten winkten und pfiffen die Knaben. Lore pfiff schrill zurück, sie wurde dafür heftig von Fräulein Mees ausgescholten, derweil die drüben im selben Takt fortfuhren zu pfeifen, Marianne beugte sich weit über das Geländer und ließ den Otto nicht aus den Augen, als könne schon diese Trennung für immer sein wie später die im Krieg 1914. Als sie ihren Freund nicht mehr erkennen konnte, legte sie einen Arm um mich und einen um Leni. Ich spürte zugleich mit der Zärtlichkeit ihres mageren bloßen Armes den Aufglanz der Sonne auf meinem Nacken. Ich sah jetzt auch zu Otto Fresenius zurück, der immer noch seinem Mädchen nachstarrte, als könnte er sie im Auge behalten und, da sie jetzt ihren Kopf an Leni lehnte, für immer an unverbrüchliche Freundschaft erinnern.

Wir drei sahen eng umarmt stromaufwärts. Die schräge Nachmittagssonne auf den Hügeln und Weinbergen plusterte da und dort die weißen und rosa Obstblütenbäume. Im späten Sonnenschein glänzten ein paar Fenster wie in einer Feuersbrunst. Die Dörfer schienen zu wachsen, je näher man kam, und, wenn man sie kaum gestreift hatte, zusammenzuschrumpfen. Das war der angeborene Wunsch nach Fahrt, den man nie stillen kann, weil man alles nur im Vorbeifahren streift. Wir fuhren unter der Rheinbrücke durch, über die bald im ersten Weltkrieg Militärzüge fahren sollten mit all den Knaben, die jetzt im Garten ihren Kaffee tranken, und mit den Schülern aller Schulen. Als dieser Krieg endete, rückten die Soldaten der Alliierten über die gleiche Brücke und später Hitler mit seiner blutjungen Armee, die das gesperrte Rheinland wieder besetzte, bis die neuen Militärzüge zum neuen Weltkrieg alle Knaben des Volkes zum Sterben rollten. Unser Dampfer fuhr an der Petersau vorbei, auf der einer der Brückenpfeiler ruhte. Wir winkten alle zu den drei weißen Häuschen, die uns von klein auf vertraut waren wie aus Bilderbüchern mit Hexenmärchen. Die Häuschen und ein Angler spiegelten sich im Wasser, dazu das Dorf auf der anderen Seite, das mit seinen Raps- und Kornfeldern über einen Saum rosa Apfelbäume in einem ineinandergeduckten Schwarm von Giebeldächern bis zu dem Kirchturmspitzlein auf dem Bergabfall in einem gotischen Dreieck anstieg.

Das späte Licht schien bald in eine Tallücke mit einer Eisenbahnspur, bald gegen eine entlegene Kapelle, und alles lugte rasch noch einmal aus dem Rhein, bevor es in der Dämmerung verschwand.

Wir waren alle im stillen Licht still geworden, so daß man das Krächzen von ein paar Vögeln hörte und das Fabrikgeheul aus Amöneburg. Sogar Lore war völlig verstummt. Marianne und Leni und ich, wir hatten alle drei unsere Arme ineinander verschränkt in einer Verbundenheit, die einfach zu der großen Verbundenheit alles Irdischen unter der Sonne gehörte. Marianne hatte noch immer den Kopf an Lenis Kopf gelehnt. Wie konnte dann später ein Betrug, ein Wahn in ihre Gedanken eindringen, daß sie und ihr Mann allein die Liebe zu diesem Land gepachtet hätten und deshalb mit gutem Recht das Mädchen, an das sie sich jetzt lehnte, verachteten und anzeigten. Nie hat uns jemand, als noch Zeit dazu war, an diese gemeinsame Fahrt erinnert. Wie viele Aufsätze auch noch geschrieben wurden über die Heimat und die Geschichte der Heimat und die Liebe zur Heimat, nie wurde erwähnt, daß vornehmlich unser Schwarm aneinandergelehnter Mädchen, stromaufwärts im schrägen Nachmittagslicht, zur Heimat gehörte.

Ein Flußarm zweigte schon ab zum Floßhafen, aus dem frisch gefälltes, geschnittenes und geflößtes Holz nach Holland gebracht wurde. Die Stadt schien mir noch entfernt genug zu liegen, als könnte sie mich nie zum Aussteigen und Bleiben zwingen, obwohl mir ihr Floßhafen, die Platanenreihen und Warenspeicher am Ufer viel vertrauter waren als jegliche Einfahrt in fremde Städte, die mich zum Bleiben gezwungen haben. Ich erkannte nach und nach schon vertraute Straßenzüge und Dachfirste und Kirchtürme unversehrt und vertraut, gleich längst untergegangenen Orten in Märchen und Liedern. Der eine Tag Schulausflug schien mir alles zugleich entfernt und zurückgeschenkt zu haben.

Als jetzt der Dampfer seinen Anlegebogen machte und Kinder und Strolche sich müßig zu unserer Ankunft drängten, schienen wir nicht nach dem Ausflug, sondern nach jahrelanger Reise heimzukehren. Kein Loch, kein Brandschaden hafteten dieser vertrauten winkligen, wimmligen Stadt an, so daß sich meine Beunruhigung legte und ich mich daheim fühlte.

Die Lotte verabschiedete sich zuerst, kaum waren die Seile ausgeworfen. Sie wollte zur Abendmesse in den Dom, der schon bis zur Schiffsbrücke läutete. Die Lotte endete später im Kloster auf der Rheininsel Nonnenwerth, von wo man sie mit einem Trupp Schwestern über die holländische Grenze schaffte, aber das Schicksal kam ihnen nach. – Die Klasse verabschiedete sich von den Lehrerinnen. Fräulein Sichel erinnerte mich noch einmal an den Schulaufsatz, ihre grauen Augen blinkten wie fein-gescheuerte Kieselsteine. Dann teilte sich unsere Klasse nach den verschiedenen Wohnrichtungen in einzelne Schwärme auf.

Leni und Marianne gingen eingehängt auf die Rhein-straße. Marianne hatte noch immer eine rote Nelke zwi-schen den Zähnen. Sie hatte die gleiche Nelke in das Band von Lenis Mozartzopf gesteckt. Ich sehe Marianne im-mer weiter mit ihrer roten Nelke zwischen den Zähnen, auch wie sie den Nachbarinnen der Leni bösartige Ant-worten gibt, auch wie sie mit halbverkohltem Körper, in rauchenden Kleiderfetzen in der Asche ihres Elternhau-ses liegt. Denn die Feuerwehr kam zu spät, um Marianne zu retten, als das Feuer des Bombardements von den un-mittelbar getroffenen Häusern auf die Rheinstraße über-griff, wo sie gerade bei ihren Eltern zu Gast war. Sie hatte keinen leichteren Tod als die von ihr verleugnete Leni, die von Hunger und Krankheiten im Konzentrationslager abstarb. Doch durch die Verleugnung überlebte das Kind Lenis das Bombardement. Denn es wurde von der Ge-stapo in ein abgelegenes Nazierziehungsheim gebracht.

Ich trottete mit ein paar Schülerinnen Richtung Christ-hofstraße. Zuerst war mir bang. Wie wir vom Rhein her in die Innenstadt einbogen, da legte sich's hart auf mein Herz, als ob mir etwas Unsinniges, etwas Böses bevor-stünde, vielleicht eine heillose Nachricht oder ein Unheil, das ich über dem sonnigen Ausflug leichtfertig vergessen hatte. Dann verstand ich klar, die Christhofskirche konnte unmöglich bei einem nächtlichen Fliegerangriff zerstört worden sein, denn wir hörten ihr Abendläuten. Ich hatte mich überhaupt umsonst gegraut, auf diesem Weg heimzugehen, weil sich mir im Gedächtnis festge-hakt hatte, dieser mittlere Stadtstreifen sei völlig von Bomben zerstört. Es ging mir auch durch den Kopf, daß jene Zeitungsphotographie sich geirrt haben möchte, auf der alle Gassen und Plätze abrasiert oder zerstört waren. Ich dachte zuerst, man hätte vielleicht auf Goebbels' Befehl, um über das Ausmaß des Angriffs zu täuschen, eine Scheinstadt mit äußerster Geschwindigkeit aufgebaut, in der kein Stein mehr wie früher auf dem anderen stand, die aber immerhin ganz kompakt und ansehnlich anmutete. Wir waren ja alle längst gewöhnt an solche Art Vorspiegelung und Betrug, nicht nur bei Bombenangriffen, sondern auch bei anderen Vorkommnissen, die schwer zu durchschauen waren.

Doch die Häuser, die Treppen, der Brunnen standen wie immer. Auch Brauns Tapetengeschäft, das mit der Familie in diesem Krieg verbrannt sein sollte, nachdem ihm im ersten Krieg durch ein Fliegerabwehrgeschoß nur die Schaufenster zertrümmert worden waren, zeigte die geblümten und gestreiften Tapetenauslagen, so daß die Marie Braun, die zuletzt neben mir gegangen war, rasch in das Geschäft ihres Vaters ging. Die nächste unter uns Heimkehrerinnen, Katharina, lief zu ihrer winzig kleinen Schwester Toni, die unter den Platanen auf einer steinernen Stufe vor dem Brunnen spielte. Der Brunnen und alle Platanen waren ja wohl längst zerschmettert, doch die Kinder vermißten gar nichts zum Spielen, denn auch ihre letzte Stunde hatte geschlagen in den Kellern der umstehenden Häuser. Dabei kam auch die kleine Toni in dem Haus um, das sie von ihrem Vater geerbt hatte, mit einem Töchterlein, winzig wie sie heute, die das Wasser aus dikken Backen blies. Auch Katharina, die große Schwester, die sie jetzt am Schopf packte, und die Mutter und die Tante in der offenen Haustür, die beide mit Küssen begrüßten, sie sollten alle noch miteinander im Keller des väterlichen Hauses umkommen. Katharinas Mann, Tapezierer, Nachfolger des Vaters, half währenddessen Frankreich besetzen. Er hielt sich mit seinem kurzen Schnurrbart, seinemTapeziererdaumen für den Angehörigen eines Volkes, das stärker ist als die anderen Völker – bis ihn die Nachricht ereilte, daß sein Haus und seine Familie zermalmt worden waren. Die kleine Schwester drehte sich noch einmal um und spritzte auch mich mit dem letzten Wasser, das sie noch in der Backe aufgespeichert hatte. Ich lief den Rest des Weges allein. In der Flachsmarktstraße traf ich die bleiche Liese Möbius, auch ein Mädchen aus meiner Klasse, die wegen einer Lungenentzündung seit zwei Monaten keine Ausflüge mitmachen konnte. Jetzt hatte das Abendläuten der Christhofskirche sie von daheim weggelockt. Sie rannte an mir vorbei mit ihren zwei baumelnden, langen braunen Zöpfen, einen Zwicker in ihrem kleinen Gesicht, behend, als renne sie auf einen Spielplatz statt zur Abendmesse. Sie bettelte später bei ihren Eltern, mit Lotte auf Nonnenwerth ins Kloster eintreten zu dürfen. Als Lotte allein die Erlaubnis bekam, wurde Liese Lehrerin in einer Volksschule unserer Stadt. Ich sah sie noch manchmal zur Messe laufen mit ihrem bleichen, spitzen Gesichtlein, wie heute den Zwicker vorgeklemmt. Sie wurde von der Nazibehörde geringschätzig behandelt wegen ihrer Glaubenstreue, doch auch die Versetzung in eine geringe Schule für Schwachbegabte störte sie gar nicht, weil sie durch ihren Glauben an Verfolgungen aller Art gewöhnt war. Auch wurden die rabiatesten Naziweiber, die tückischsten, spöttischsten Nachbarn überaus sanft und mild, als sie beim Fliegerangriff um Liese herum im Keller saßen. Den Älteren kam dabei in den Kopf, daß sie schon einmal mit derselben Nachbarin Liese im selben Kellerloch gehockt hatten, als im ersten Krieg die ersten Geschosse krachten. Sie rückten jetzt dicht an die verachtete kleine Lehrerin, als ob die durch ihren Glauben und ihre Ruhe schon einmal den Tod beschwichtigt hätte. Die Frechsten und Spottlustigsten waren sogar geneigt, etwas von dem Glauben der kleinen Lehrerin Liese abzubekommen, die immer in ihren Augen verschüchtert und ängstlich gewesen war, doch jetzt wieder getröstet und zuversichtlich unter all den grauweißen Fratzen im künstlichen Keller- licht hockte bei dem Bombenabwurf, der diesmal die Stadt fast gänzlich zerstörte, auch sie selbst und ihre gläu- big-ungläubigen Nachbarinnen.

Die Läden waren gerade geschlossen worden. Ich lief durch die Flachsmarktstraße durch ein Gewimmel heim- kehrender Menschen. Sie freuten sich, daß der Tag zu Ende war und eine geruhsame Nacht bevorstand. Wie ihre Häuser noch unversehrt waren von Geschossen, von der ersten großen Probe 1914 bis 1918 sowie von den jüngsten Haupttreffern, so waren auch ihre behaglichen, durch und durch vertrauten, mageren und dicklichen, schnurr- und vollbärtigen, warzigen und glatten Gesichter unversehrt von der Schuld ihrer Kinder und von dem Wissen dieser Schuld und Zusehen und Dulden dieser Schuld aus Feig- heit vor der Macht des Staates. Dabei sollten sie doch bald genug bekommen an aufgeblähter Staatsmacht, an groß- spurigen Befehlen. Oder hatten sie gar Geschmack daran gefunden, dieser Bäcker mit dem gezwirbelten Schnurr- bart und dem runden Bäuchlein, Ecke Flachsmarkt, wo wir immer den Streuselkuchen kauften, oder der Tram- bahnschaffner, der eben an uns vorbeibimmeltete? Oder hatte der Friede dieses Abends mit den hastigen Schritten der Heimkehrenden, mit Glockengeläut, mit Feierabend- tuten entlegener Fabriken, die bescheidene Behaglichkeit des alltäglichen Werktags, die ich jetzt wie ein Labsal ge- noß, für alle die Kinder etwas Widriges an sich, so daß sie bald die Kriegsberichte ihrer Väter begierig einsogen, sich aus dem bemehlten oder bestaubten Arbeitskittel in Uni- formen hineinsehnten?

Ich hatte wieder einen Anflug vor Angst, in meine ei- gene Straße zu biegen, als ob ich ahnen würde, daß sie zerstört war. Die Ahnung verflog bald. Denn schon in der letzten Strecke der Bauhofstraße konnte ich wie im- mer meinen Lieblingsweg heimgehen, unter den beiden großen Eschen, die sich von der rechten und linken Seite der Straße wie ein Triumphbogen spannten, sich gegenseitig berührend, unzerstört, unzerstörbar. Ich sah auch schon die weißen, roten und blauen Kreisrunde von Blumenbeeten aus Geranien und Begonien in dem Rasen, die meine Straße durchkreuzten. Wie ich hinzutrat, wehte ein Abendwind, wie ich so stark noch keinen auf meinen Schläfen gespürt hatte, aus den Rotdornbäumen eine Wolke von Blättern, die mir zuerst von der Sonne beglänzt schienen, in Wirklichkeit aber sonnenrot gefärbt waren. Es war mir wie immer nach Tagesausflügen zumute, als hätte ich schon geraume Zeit nicht mehr das Sausen des Windes vom Rhein her, in meiner eigenen Straße eingefangen, angehört. Ich war durch und durch müde, so daß ich froh war, endlich vor dem Hause zu stehen. Nur kam es mir unerträglich schwer vor, die Treppe hinaufzusteigen. Ich sah bis zum zweiten Stock hinauf, in dem unsere Wohnung lag. Meine Mutter stand schon auf der kleinen, mit Geranienkästen verzierten Veranda über der Straße. Sie wartete schon auf mich. Wie jung sie doch aussah, die Mutter, viel jünger als ich. Wie dunkel ihr glattes Haar war, mit meinem verglichen. Meins wurde ja schon bald grau, während durch ihres noch keine sichtbaren grauen Strähnen liefen. Sie stand vergnügt und aufrecht da, bestimmt zu arbeitsreichem Familienleben, mit den gewöhnlichen Freuden und Lasten des Alltags, nicht zu einem qualvollen, grausamen Ende in einem abgelegenen Dorf, wohin sie von Hitler verbannt worden war. Jetzt erkannte sie mich und winkte, als sei ich verreist gewesen. So lachte und winkte sie immer nach Ausflügen. Ich lief so schnell ich nur konnte ins Treppenhaus.

Ich stutzte vor dem ersten Treppenabsatz. Ich war plötzlich viel zu müde, rasch hochzusteigen, wie ich noch eben gewollt hatte. Der graublaue Nebel von Müdigkeit hüllte alles ein. Dabei war es um mich herum hell und heiß, nicht dämmerig wie sonst in Treppenhäusern. Ich zwang mich zu meiner Mutter hinauf, die Treppe, vor Dunst unübersehbar, erschien mir unerreichbar hoch, unbezwingbar steil, als steige sie eine Bergwand hinauf. Vielleicht war meine Mutter schon in den Flur gegangen und wartete an der Treppentür. Doch mir versagten die Beine. Ich hatte nur als ganz kleines Kind eine ähnliche Bangnis gespürt, ein Verhängnis könnte mich am Wiedersehen hindern. Ich stellte mir vor, wie sie umsonst auf mich wartete, nur ein paar Stufen getrennt. Dann fiel mir zum Trost ein, falls ich hier aus Erschöpfung zusammenbreche, mein Vater könnte mich doch sofort finden. Er war gar nicht tot, denn er kam gleich heim, es war ja Feierabend. Er liebte nur, länger als meiner Mutter lieb war, an den Straßenecken mit seinen Nachbarn herumzuschwatzen.

Man klapperte schon mit den Tellern zum Abendessen. Ich hörte hinter sämtlichen Türen das Klatschen von Händen auf Teig in vertrautem Rhythmus, daß man auf diese Art Pfannkuchen buk, befremdete mich: die zähe Masse, statt sie auszurollen, zwischen zwei Händen plattzuschlagen. Ich hörte zugleich vom Hof her das zügellose Schreien von Truthähnen und wunderte mich, wieso man plötzlich im Hof Truthähne züchtete. Ich wollte mich umsehen, doch blendete mich zuerst das überaus starke Licht aus den Hoffenstern. Die Stufen waren verschwommen von Dunst, das Treppenhaus weitete sich überall in einer unbezwingbaren Tiefe wie ein Abgrund. Dann ballten sich in Fensternischen Wolken zusammen, die ziemlich schnell den Abgrund ausfüllten. Ich dachte noch schwach: Wie schade, ich hätte mich gar zu gern von der Mutter umarmen lassen. Wenn ich zu müd bin, hinaufzusteigen, wo nehme ich da die Kräfte her, um mein höher gelegenes Ursprungsdorf zu erreichen, in dem man mich zur Nacht erwartet? Die Sonne brannte noch immer stark, ihr Licht brannte nie schneidender, als wenn es schräg gerichtet war. Mir war es wie immer fremd, daß es hier keine Dämmerung gibt, son- dern immer nur jähen Übergang von Tag zu Nacht. Ich nahm mich zusammen und schritt jetzt kräftiger aus, ob- wohl der Anstieg in einem unbezwinglichen Abgrund verloren war. Das Treppengeländer drehte und wölbte sich zu einem mächtigen, pfähleartigen Zaun aus Orgel- kakteen. Ich konnte nicht mehr unterscheiden, was Berg- kämme und was Wolkenzüge waren. Ich fand den Weg zu der Kneipe, wo ich nach dem Abstieg aus dem höher gelegenen Dorf gegessen hatte. Der Hund war weggelau- fen. Zwei Truthähne, die vorhin noch nicht dagewesen waren, weideten jetzt auf dem Weg. Mein Wirt hockte noch immer vor dem Haus, und neben ihm hockte ein Freund oder ein Verwandter, genau wie er, erstarrt von Nachdenken oder von gar nichts. Zu ihren Füßen hockten einträchtig die Schatten ihrer Hüte. Mein Wirt machte keine Bewegung, als ich zurückkam, ich war es nicht wert, ich war schon in die gewöhnlichen Sinneseindrücke einge- reiht. Ich war jetzt zu müde, nur noch einen Schritt zu machen, ich setzte mich vor meinen alten Tisch. Ich wollte in die Berge zurück, sobald ich ein wenig ausge- schnauft hatte. Ich fragte mich, wie ich die Zeit verbrin- gen sollte, heute und morgen, hier und dort, denn ich spürte jetzt einen unermeßlichen Strom von Zeit, unbe- zwingbar wie die Luft. Man hat uns nun einmal von klein auf angewöhnt, statt uns der Zeit demütig zu ergeben, sie auf irgendeine Weise zu bewältigen. Plötzlich fiel mir der Auftrag meiner Lehrerin wieder ein, den Schulausflug sorgfältig zu beschreiben. Ich wollte gleich morgen oder noch heute abend, wenn meine Müdigkeit vergangen war, die befohlene Aufgabe machen.

# Post ins Gelobte Land

Im letzten Jahrzehnt des vorigen Jahrhunderts, als fast die ganze jüdische Einwohnerschaft des polnischen Städtchens L. bei einem Pogrom von den Kosaken erschlagen worden war, floh der Rest einer Familie Grünbaum nach Wien zu der mit einem Kürschner verheirateten ältesten Tochter. Nachdem die übrigen Kinder zugrunde gegangen, bestand die Familie noch aus dem Schwiegersohn Nathan Levi, dem Enkel und den Schwiegereltern. Die junge Frau Levi, die zweite Tochter Grünbaum, war nicht durch Tritte oder Schläge in dem Pogrom selbst umgekommen, sondern an den Folgen einer Frühgeburt, da sie die Ermordung der eigenen Brüder, in einem Keller versteckt, durch eine Luke mit angesehen hatte. Sie war die Lieblingstochter gewesen. Die ältere, zu der man jetzt fuhr, hatte früher als ungefällig und unleidlich gegolten; man hätte vielleicht sonst nicht ihre Heirat weit weg, wenn auch in eine der Stadt entstammende Familie, gebilligt. Sie hatte in ihrem länglichen, etwas schiefen Gesicht ziemlich uneinnehmende, verdrießliche Züge, wobei man nicht sagen konnte, ob ihr verdrossenes Gemüt an dem Aussehen schuld war oder erst das Aussehen ihr Gemüt bedrückt hatte.

Als sie ihre Leute am Wiener Ostbahnhof abholte, da konnte sich die Mutter in aller Verzweiflung nicht von der Empfindung befreien, wie tot, wie schmählich gestorben die sanfte, die jüngere Tochter war und wie unverändert grämlich und schiefmäulig die ältere lebte. Denn die Verzweiflung, statt zu mildern, schärft unermüdlich die Erinnerung an die Toten und den Anblick der Lebenden. Wie die Tochter, so der Schwiegersohn. Ob sie sich in ihrer Grämlichkeit gefunden oder später angesteckt hatten, er war nachtragend und mißgünstig. Die Kinder des Kürschners waren gar nicht erfreut über den kleinen Vetter, der Essen und Kammer teilte. Die Enge der Wohnung machte den Großen das Unbehagen noch lästiger. Man hätte vielleicht nach soviel Leid über jeden Zuschlupf froh sein müssen. Doch konnte man, weil man dem Tod entronnen war, dem Leben nicht schlechthin danken, nur weil es da war, doch grau, freudlos, öde.

Der Schwiegersohn Levi half sofort in der Kürschnerei. Er saß am liebsten abseits in einem Winkel, seinen kleinen Sohn auf den Knien. Er war ein Fremdling in der Familie der toten Frau. Die Schwiegereltern hatten ihn in L. als Waisenkind ohne Anhang aufgenommen. Er hatte mit den zwei Söhnen, die jetzt auch umgekommen waren, in der Kürschnerei Grünbaum das Handwerk gelernt. Er hatte sehr rasch als Schwiegersohn gegolten. Die alten Grünbaums pries man für diesen Entschluß, und ihre Wohltaten galten dadurch belohnt, daß der junge Levi fleißig und ehrenhaft war. Er hatte die jüngste Tochter von klein auf als seine Braut angesehen. Er war auch jetzt noch, trotz seines beträchtlichen Bartes, im Herzen gar jung, gar wenig gewillt, sich auf die neuen Darbietungen des Lebens einzulassen, er hatte auch jetzt noch so knabenhaft wenig Bewußtsein von der Länge und Mannigfalt des Lebens, daß er nur eine lästige Zwischenzeit zu überstehen glaubte, nach der er wieder mit seiner Frau vereint sein würde. Die Schwiegermutter dagegen trug sich schnell mit Umzugsgedanken. Sie wußte, daß man im Leid ein unfreundliches Dasein nicht gleichgültig aufnimmt, sondern schmerzlicher und bedürftiger. Ein Brief ihrer eigenen Schwester aus Schlesien brachte sie auf den Ausweg. Die jetzt schon betagte Frau Löb war einstmals mit ihrem Mann, dem Altkleiderhändler, nach Kattowitz zu einer Messe gefahren. Sie waren dort hängengeblieben, weniger durch Wohlstand festgehalten als durch die lebhafte Hoffnung auf Wohlstand. Jetzt schrieb sie, wie froh sie sei über die Unterkunft ihrer Schwester. Sie hätte ja sonst auch bei ihr Obdach gefunden. Frau Grünbaum antwortete sofort, mit ihrer Unterkunft sei es leider schlecht bestellt, sie zögen alle die Weiterfahrt nach Schlesien vor. Ihr Mann und ihr Schwiegersohn könnten dem Schwager dort an die Hand gehen.

Sie wickelte daraufhin das Enkelkind in viele Tücher. Der Schwiegersohn, der klein gewachsen war, nahm es meistens auf seine Knie. Er gab es nur ungern den Großeltern rechts und links von ihm ab in jener Nacht, in der sie nach Deutschland fuhren. Der Wiener Familie kam die Abfahrt verwunderlich, doch nicht ungeschickt. Sie trug sich nur mit allerlei Nebengedanken über das Reisegeld, das plötzlich zur Verfügung war. Der Familie Löb kam die Ankunft überraschend und nicht sonderlich beglückend. Sie war arm und die Wohnung eng. Grünbaum und Schwiegersohn suchten Kürschnerarbeit, da der Kleiderhandel nicht mehr als zwei Hände brauchte. Sie fanden wenig Beschäftigung, denn die Werkstätten waren überfüllt. Der junge Levi grämte sich mit den Großeltern um den Jungen, an dem ihre Herzen hingen, weil er vor Schwäche still war. Frau Grünbaum, von Natur eher heiter und unternehmend, wäre trotzdem nach und nach mit den Ihren der Trostlosigkeit des täglichen Lebens anheimgefallen, wenn nicht ein unerwarteter Zwischenfall plötzlich alle aufgerüttelt hätte.

Der Schwiegersohn Nathan Levi hatte einen Bruder gehabt, der längst allen aus dem Gedächtnis entschwunden war. Er hatte vor langer Zeit, wenn man zufällig seiner noch einmal erwähnte, als Taugenichts gegolten. Er war, als die Eltern Levi noch lebten, auch in der Kürschnerei angelernt worden, wobei er Gelegenheit gefunden hatte, irgendeinen ausländischen Händler auf einer Reise zu begleiten, da er – so hatte man damals behauptet – in seiner Unbeständigkeit auf Reiserei erpicht war. Er war jedenfalls schon damals auf eine jetzt nicht mehr erklärbare Weise nach Paris geraten und von dort nie mehr heimgefahren, aus Angst vor den Folgen einer Unterschlagung, wie das Gerücht rasch aufkam, weil man sonst für die absurde Umsiedlung keinen Grund wußte. Jetzt kam von der Hand dieses verschollenen Bruders, durch die Hilfe und Findigkeit vieler jüdischer Gemeinden, ein langer Brief, in dem er den jungen Levi um Auskunft bat, wie es ihm und den Seinen bei dem Pogrom ergangen sei, von dem er in den Zeitungen gelesen hatte. Der junge Levi schrieb sofort zurück. Die folgenden Tage verliefen für alle höchst aufgemuntert im Briefabwarten, da sich auch der ödeste Zeitabschnitt durch das bloße Warten belebt.

Zuerst kam eine Sendung Geld durch ein Telegramm auf die Bank, das erstaunlichste Ereignis für die Familie. Dann kam das Telegramm, das die Ankunft des älteren Levi ankündigte, der ihrem Lebensablauf also nicht entschwunden war wie ihrem Gedächtnis. Frau Grünbaum benutzte den Rest ihrer eigenen Ersparnisse – um keinen Preis das eben geschenkte Geld –, um zum Empfang alle möglichen Speisen zu kaufen, Geflügel und Fisch und Wein, und alle Zutaten, um den besten Kuchen zu bakken. Zum erstenmal seit dem Unglück zog sie sich und den Enkel sorgfältig an, sie bürstete und bügelte die Hosen für den Mann und den Schwiegersohn.

Der jüngere Bruder ging den älteren an der Bahn abholen. Man hatte inzwischen die ganze Wohnung soweit verschönt, wie man eine Stube und eine Küche auffrischen kann, ohne die Wände zu verschieben. Der Gast, Salomon Levi, war höher gewachsen als sein Bruder. Sein Gesicht sah nackt aus, weil es rasiert war, bis auf den Schnurrbart auf der Oberlippe. Dadurch sah der Ältere wie der Sohn des Bärtigen aus. Er trug einen steifen Hut, einen engen, aber neuen Mantel, Handschuhe und eine kleine lederne Reisetasche. Frau Grünbaum wäre sowohl durch das Aussehen wie durch die Sprache verstört gewesen, wenn nicht ihre durch das Unglück im Guten und im Schlechten geschärften Sinne sofort gemerkt hätten, wie gut und wie mitleidig seine Augen waren. Wenn er auch bisweilen noch jiddisch sprach, es zischte fremd, oder es kam ungewohnt aus der Nase statt aus der Kehle, und wenn er dabei die Hände bewegte, dann drehte er zu den fremden Lauten fremde Kurven in die Luft. Er setzte erschrocken den steifen Hut auf, als man zu Tisch ging, weil alle schon den Kopf bedeckt hatten. Die Grünbaums ärgerten sich über gar nichts und trugen ihm gar nichts nach, weil er das Kind nicht nur lobte, sondern auf den Armen hochschwang, vor allem aber, weil er von dem Pogrom nie genug hören konnte: Alle übrigen Menschen waren ja inzwischen längst der Schilderungen müde geworden, so daß sie jene Erinnerung in sich vergraben hatten, wo sie dann freilich das Herz abdrückte. Er ließ sich gern solche Begebenheiten, von denen man seine Brust am liebsten befreite, immerzu wiederholen. Er merkte genau alles Gute, was man ihm antat. Er lobte die Klöße in der Suppe, und er pries den Fisch und die Füllung des Fisches und sogar ein gehäckeltes Kraut in der Soße, und als ihm auf der Zunge der Apfelstrudel zerging, krümmte er sich zusammen und kniff die Augen zu. Wie viele Fehler er auch machte, die Gebete beim Händewaschen, über dem Brot und über dem Wein und auch das Tischgebet selbst verloren ihre Einförmigkeit und ihre achtlose Gewöhnung und wurden frisch in ihrem Klang und sonderbar in vielen Wendungen, nur weil er ungeschickt mitbrummte und den Oberkörper dazu schaukelte.

Nachts auf dem Heimweg ins Hotel erzählte er seinem Bruder, er sei niemals wegen Geldunterschlagung in Paris geblieben, sondern weil ihm die Stadt überaus gut gefiel.

Er sei zudem reich genug geworden, um alle etwaigen früheren Schulden leicht abzutragen. Er machte jetzt den Vorschlag, die ganze Familie fahre mit ihm nach Frankreich. Der alte Grünbaum und der Bruder könnten in seiner eigenen großen Kürschnerei, in der es Verkäufer, Buchhalter und Handwerker gab, nach Verlangen unterkommen. Vor allem könnte der kleine Junge ordentlich gepflegt werden, und er könnte eine ordentliche Schule besuchen.

Die Folge aller Erwägungen war der dritte Umzug der Flüchtlinge, diesmal mit allerlei Zuwendungen an Mann und Frau Löb und sogar mit einer Geldsendung an die Kürschnerfamilie in Wien. Denn nachträglich wurde Frau Grünbaum auch dieser Tochter gerecht, die, wie sie jetzt einsah, an ihren äußeren und inneren Unzulänglichkeiten so unschuldig war wie an einem Gebrechen.

Der Bruder Salomon Levi wohnte am rechten Seineufer, wo das Viertel St. Paul an den Kai stößt. Er mietete dort schon am ersten Tag für die Ankömmlinge eine Wohnung und kaufte mit Frau Grünbaum die nötigen Möbel in den Warenhäusern. Frau Grünbaum war benommen von der Wildnis der Stadt. Niemand behandelte die Fremde mit Neugierde oder mit Geringschätzung. Sie stieß in den Straßen und in den Geschäften auf fremdere Fremde, auf Gelbe und auf Schwarze, und manchmal stieß sie auf ihresgleichen. Doch ließ man sie alle ungeschoren, wie sie auch der Stadt keinen Abbruch taten, so wenig wie sonderbare Pflanzen einer Wildnis Abbruch tun. Frau Grünbaum fühlte sich hier an dem äußersten Punkt der ihr bekannten Welt fast so gut wie daheim.

Die Grünbaums lebten ungeschoren fort, als hätten sie nach St. Paul ihr Heimatstädtchen mitgeschleift, sogar den Bäcker und den Fleischer. Es stellte sich heraus, daß durch irgendwelche Zufälle auch die Schwester ihrer ehemaligen Schneiderin hierhergeraten war. Der alte Grünbaum galt bald als eine Art Aufseher in der Kürschnerei, in der der Schwiegersohn Nathan Levi eine Art Werkmeister wurde, denn er wollte durchaus beim Handwerk bleiben. Der Junge lernte zunächst hebräisch lesen und schreiben bei dem Schwager der heimischen Schneiderin, der eine Vorschule für die Kinder eröffnet hatte.

Die Synagoge befand sich unweit der Wohnung in einem Gemäuer, das, wie der ältere Bruder Levi wußte, der Turm des Palastes war, den König Heinrich IV. vor vielen Jahrhunderten erbaut hatte. Jetzt war er teilweise verfallen, die Reste seiner Gemäuer waren von allerlei Volk bewohnt. In der Gasse lagen die Keller der Lumpensammler, deren Staub die Luft noch dämmeriger machte. Der Hof der Synagoge steckte voll von dem Gerümpel eines Schreiners, der zugleich Synagogendiener war. Die Bretter lehnten in den Spitzbögen gegen die abgeschabten Säulen. Das Schreinermännchen, verwachsen und bärtig, war schon vor langem aus einer Nachbarstadt von L. zugezogen. Es gab noch Reste von Wappen an der zertretenen Wendeltreppe, die sich zur Frauenabteilung hinaufdrehte. Der Türrahmen war abgegriffen. Beim Eintreten küßten die Frauen ihre zwei Fingerspitzen, um damit die Gebetkapsel zu berühren.

Wie glimmten drunten, wo die Männer beteten, die Kerzen, die an den Jahrzeittagen für alle toten Verwandten brannten!

Frau Grünbaum erkannte von oben die eigene Kerze oder glaubte sie zu erkennen; sie suchte sie zärtlich, als sei sie die Tochter selbst. Sie zeigte sie auch dem Kleinen, den sie herauf in den Frauenraum genommen hatte, bevor er endgültig mit den Männern zum Gebet ging.

Sie hatten sich rasch in ihrem Quartier eingelebt: das winzige L. in der unbekannten Stadt, mit vertrauten Gesichtern, mit den gewohnten Läden, um ein paar heimische Gassen und Plätze. Nathan Levi sprach bald ganz geläufig französisch. Der Sohn sprach es noch besser, obwohl an ihm ein paar russische und ein paar polnische

Worte hängengeblieben waren, und etwas Hebräisch und Jiddisch. Der ältere Levi drängte den jüngeren, wieder zu heiraten. Der widersetzte sich lächelnd in seiner sanften Art. Er lief aus der Werkstatt täglich rasch heim, um mit dem Kind zu schwatzen und zu erfahren, was es gelernt hatte; wenn es einmal krank war, kam er noch früher und noch rascher und verbrachte die Nacht am Bett. Er lehnte auch jeden Heiratsvorschlag ab, als die Schwiegereltern starben, viel früher, als man erwartete, und kurz nacheinander. Nach all den Plagen, die sie ruhig überstanden hatten, war ihnen offenbar endlich erlaubt gewesen, vom Leben erschöpft zu sein. Doch nach ihrem Tod gelang es dem Bruder Salomon Levi, da seine Heiratsvermittlungen fehlschlugen, mit einem ganz anderen, auch schon lange umsonst vorgebrachten Vorschlag durchzudringen. Der Neffe gehöre jetzt in eine vernünftige Schule. Es sei höchste Zeit. Französisch müsse er lernen und überhaupt alle Kenntnisse, die Knaben hierzulande geboten wurden. Er drang schließlich durch. Er brachte das Kind in das Lycée Charlemagne, die höhere Schule von St. Paul. Vom nächsten Morgen ab führte der Vater den Jungen selbst in die Schule, er holte ihn mittags ab, damit er nicht in Versuchung gebracht werde, an den verbotenen Schulmahlzeiten teilzunehmen.

Der Junge war bald viel zufriedener in der Schule, als sein Vater erwartet hatte. Er wurde von seinen Lehrern und Mitschülern nicht gequält und nicht geschlagen. Er wurde nur verspottet, wenn er schlecht französisch sprach. Er gab sich von selbst Mühe, auf den Klang zu kommen, der ihm gefiel, weil ihm auch die Worte gefielen. Er glaubte des Sinnes habhaft zu werden, wenn er sich den Klang einprägte. Er schloß sich bald einem pfiffigen, rauflustigen Jungen an, dem Sohn eines Wagenkontrolleurs im Viertel, der brachte ihm nach und nach allerlei Spiele und Verse bei und mit der Freundschaft die Sprache.

Er war jetzt in seiner schwarzen Ärmelschürze, flink, mager, klugäugig, einer von den Hunderttausenden Schulbuben von Paris. Er schloß sich am Vorabend jedes 14. Juli der Familie des Schulfreundes an, der Wagenkontrolleurfamilie. Er steckte viele Stunden in dem Gewühl auf der Place de la Bastille. Er vergaß sein Tischgebet, wenn er mit dieser Familie aß und trank, er tanzte mit den Töchtern in dem gemeinsamen Tanz der Straße.

Er war bald viel lieber in der Schule als daheim. Das bloße Dasein der Großeltern hatte früher alle besänftigt. Der Vater und der Onkel stritten jetzt gern. Der Lehrer Rosenzweig, der Schwager der Schneiderin aus L., war beim Essen und Streiten dabei. Es ging um die Ereignisse, die die eigene Gemeinde und alle Gemeinden der Welt seit vielen Jahren in Aufregung brachten. Ein Jude in Wien, der jetzt schon geraume Zeit tot war, war auf den Gedanken gekommen, das Gelobte Land, das Gott versprochen hatte, sofort für das jüdische Volk zu fordern. Es sollte aus allen Ländern der Welt, in denen es verfolgt wurde, in seine Heimat nach Palästina zurückkehren.

Der Bruder Salomon Levi trat heiß für die neue Lehre ein. Der Lehrer Rosenzweig wog das Für und Wider so heftig, als ob zwei Seelen in seiner Brust kämpften, nach Art von Menschen, die unschlüssig zwischen zwei Grundsätzen stehen. Der Vater Levi mischte sich nicht ein; er hörte lächelnd zu. Von klein auf war es sein heimlicher, sein inbrünstiger Wunsch gewesen, vor seinem Tod mit eigenen Augen das Gelobte Land zu sehen. Doch dieser Wunsch hatte keine politischen Grenzen, er war nur von Gott erfüllbar. Seine Wurzel war der Glaube, nicht ein Landstreifen in Vorderasien. Man lebte in der Verbannung, ob man in Paris oder in L. lebte, in Amerika oder in Wien, in der Verbannung, die Gott verhängt hatte.

Er zürnte auch nicht, er lächelte, als sein Bruder plötzlich Herzls Photographie über seinem Schreibtisch in der Kürschnerei aufhängte. Dasselbe dem Wesen des Bruders eigentümliche Gesetz, das ihn als Jungen mit allen Vorstellungen seiner Familie hatte brechen lassen, zwang ihn jetzt zum zweitenmal, als alter Mann, mit den früheren Vorstellungen zu brechen und die Protokolle der zionistischen Kongresse begierig zu verfolgen.

Der Junge saß während all dem Streit vergnügt kauend am Tisch bei den drei Alten. Sein Vater versuchte manchmal heimlich, sein Haar oder wenigstens seine Hand zu berühren. Der Junge horchte weniger auf die Gespräche, die ihm gleichgültig waren, als auf den Lärm der Straße, bis er den Pfiff des Schulfreundes erkannte.

Nur an den Festtagen war er mit Leib und Seele daheim, als ob ihn das sanfte Kerzenlicht fester schmiede als alle Streite und Meinungen, aber auch fester als alle Rufe und Pfiffe. Der Vater, am Sederabend auf seinem Ehrenplatz in den roten Kissen, sah zaghaft und kindlich aus, trotz seines Bartes. Er nickte dem Kleinen zu, damit er aufspringe und nach dem Brauch die Tür öffne, denn der Messias konnte in dieser Nacht durch alle Türen in allen Häusern der Welt unversehens eintreten, um sein Volk aus der Verbannung heimzuführen. Ein schwacher Hauch dieses Glaubens, der sich nicht lehren und nicht übertragen läßt, wehte den Jungen bei jedem Türöffnen an, die verstohlene Frage: »Wie, wenn er jetzt bei uns eintritt?« Obwohl er, der schlauer war als sein Vater, genau wußte, daß sie ganz sinnlos war.

Um diese Zeit, um sein dreizehntes Jahr, war sein alter Lehrer, Herr Rosenzweig, äußerst stolz, weil man wieder auf ihn zurückgriff. Er sollte das Kind auf den Festtag vorbereiten, an dem es in der Gemeinde unter die Männer aufgenommen wurde. Die drei Alten führten es zu dritt in die Synagoge in dem Palastturm Heinrichs IV. Sie glänzten vor Stolz, als die junge Stimme anhob, vertraut, fremdartig allein und feierlich ängstlich. Man weiß von alters her, daß die Köpfe der Knaben in diesem Jahr am wachsten und offensten sind. Darum kamen mit den überlieferten uralten Glaubenssätzen auch Gedanken hinein, von denen sich sein Vater nie hatte träumen lassen. Sie quälten ihn nicht; sie legten sich über die alten Gedanken, wie sich zwei Rinden übereinander um einen jungen Baum legen. Er ging noch immer mit seiner Schulfreundfamilie den 14. Juli feiern. Er war jetzt nicht mehr bloß vergnügt, weil getanzt und getrunken wurde. Sein Herz klopfte nicht bloß vor Freude über das Feuerwerk und den Schwung der Fahnen. Sein Lehrer im Lycée Charlemagne hätte selber nicht geahnt, daß seine herkömmlichen Worte den fremden, kleinen, mageren Jungen aufgewühlt hatten. Der Abend des 14. Juli sei ein Fest für alle Völker. Es gäbe bei diesem Fest keine eingeladenen Gäste, hier in Paris sei jeder an diesem Tag sein eigener Gastgeber auf der Place de la Bastille. An diesem Tag hätte das Volk von Paris für die ganze Welt das Mittelalter gesprengt. Er war ein Lehrer, der jeden Schüler mit seinen Augen packte, daß jeder glaubte, allein von den Augen gepackt zu werden.

Sie merkten gar nicht daheim, daß der Kleine am Sederabend nur notgedrungen die für den Jüngsten bestimmten Worte aus der Haggada vorlas, weil ihn sein Vater verliebt betrachtete und weil er selbst sanft und höflich wie sein Vater war.

Er wuchs so schnell, daß er bald die drei Alten überragte. Kam das Jahr 1914; kam der Mord in Sarajewo; kam eine Kriegserklärung nach der anderen. Die Deutschen, die Belgien geschluckt hatten, drangen bis zur Marne vor. Die Gesichter wurden finster. Der kleine Levi trat überraschend früh zum Examen an. Der Vater erfuhr erst hinterher, daß nur die Schüler zugelassen waren, die sich bei der Armee freiwillig gestellt hatten. Beim Anblick der runden Mütze mit der roten Quaste auf dem Kopf seines Sohnes geriet er in einer Weise ins Zittern, daß seine Hände über den ganzen Krieg weg zitterten. Der Sohn war froh. Er war jetzt mit Leib und Seele, nicht bloß mit der luftigen, ungewissen Seele, dem Volk verpflichtet, dem er sich längst verbunden fühlte, dessen Sprache und dessen Gedanken längst in ihn gedrungen waren, vom Bastillesturz bis zum Dreyfusprozeß. Der Vater und der Onkel standen weinend am Bahnhof unter den Abschied nehmenden Eltern.

Als er auf Urlaub heimfuhr, erschien ihm der Vater noch winziger und noch kindlicher. Er selbst war der Starke, der Väterliche. Er hörte sich in der Kürschnerei die Sorgen von Vater und Onkel wie die Sorgen von zwei Söhnen an. Er hatte in einem Kriegswinter, in der Todesnähe, in der Kameradschaft, einen Weg zurückgelegt in Einschmelzung und in Erfahrung, den sonst Generationen brauchen. Als er im Argonnerwald schwer verwundet wurde, kam ihm die Erde erworben vor, in die er hineinblutete. Der Vater bekam die Nachricht von der Verwundung mit einer vom Sohn selbst gekritzelten Botschaft, die schlimmste Gefahr sei vorbei.

Er kam nach dem Waffenstillstand auf Krücken heim. Das häusliche Leben wäre ihm jetzt zuwider geworden, wenn ihn nicht eine völlig neue Idee beherrscht hätte. Sein liebster Kamerad war von schwerer, zuerst aussichtsloser Augenverwundung geheilt worden. Er hatte im Lazarett alle Phasen zwischen Hoffnung und Verzweiflung miterlebt, bis ein Augenarzt die Sehkraft gerettet hatte. Eine Neigung zur Medizin, die ihn dann und wann in den höheren Schulklassen überkommen hatte, hatte sich durch die Erfahrungen im Krieg noch verstärkt und auf ein besonderes Ziel geheftet: die Heilung der Augen. Der Vater, der einen Kürschner oder einen Kaufmann oder einen schlauen Juristen erwartet hatte, war zuerst über die Berufswahl verwundert. Dann sagte er sich, daß der Sohn durch Gottes Willen gerettet sei, und auch der Entschluß des Geretteten sei dann Gottes Wille.

Die Alliierten besetzten das Rheinland. Wilson kämpfte um den Frieden. Der Sohn Levi setzte mühselig durch, daß ihm der Vater ein eigenes Studierzimmer dicht bei der Klinik mietete. Nathan Levi war jetzt allein, viel mehr als je in seinem Leben, das immer in einer Familie verlaufen war. Er war jetzt nicht nur von dem Sohn, sondern auch von dem älteren Bruder überraschend schnell verlassen worden. Der englische Außenminister Balfour hatte den Juden Palästina als Heimat versprochen. Der Bruder Salomon Levi nahm sich plötzlich vor, das Gelobte Land mit eigenen Augen zu sehen, bevor er sich endgültig entschloß, die Balfour-Deklaration auf sich selbst anzuwenden. Er dachte sich diese Reise zunächst als ein Ferienunternehmen von höchstens drei Monaten. Er lud auch den Bruder zur Reisegesellschaft ein. Der machte ihm aber klar, daß er der Kürschnerei vorstehen müßte. Der Zurückgebliebene wurde bald durch Post von dem Mittelmeerdampfer beunruhigt, in der sich der Reisende kränklich und unfroh zeigte. Die Ferienfahrt wurde in einem Spital in Haifa unterbrochen und endigte mit der ewigen Ansiedlung im Heiligen Land auf dem Friedhof von Haifa.

Als die Todesnachricht nach Paris kam, ließ der Bruder Nathan Levi, der den Ältesten nur mit düsterem Vorgefühl und mit verstecktem Zweifel hatte abziehen sehen, das Kaddisch in derselben Synagoge in dem Palastturm sagen, in dem man schon Kaddisch für die Schwiegereltern sagte und für seine eigene, in L. umgekommene junge Frau. Er lief jedes Jahr zu ihrer Todesfeier durch die Gassen und Höfe von St. Paul, durch die ineinandergeschobenen Tore, durch den Nebeneingang des verwitterten Palastes, als laufe er zu einem Wiedersehen mit der Frau. Der Sohn, der ihn begleitete, kannte nicht mehr von der Mutter als die weiße, kurzzüngelnde Jahrzeitkerze. Er kam jedesmal für das Kaddisch nach St. Paul aus dem lateinischen Viertel. Die schmale, aus den Abfallkellern der Lumpensammler verstaubte Gasse, gesäumt von den Schloßzinnen, war von dem schmalen Licht angeglänzt,

das durch das hohe, fast unbemerkte Fenster des Frauen-
stockwerks herunterdrang. Die Schreinerei war noch immer im Hof. Die Schreinersleute betreuten noch immer
die Synagoge, jetzt schon in gebücktem Gang.

Es gab eine neu eröffnete Kneipe zwischen den Lum-
penkellern. Die Gasse war von neuen jüdischen Zuzüg-
lern bewohnt. Sie waren nach dem Kriegsende gekommen, weil ihnen daheim ihr Rabbiner versichert hatte,
man könnte in dem neuen Staat Sowjetrußland die Kinder nicht fromm erziehen. Die gleiche Furcht vor der
gleichen Revolution hatte noch eine andere Gruppe von
Flüchtlingen angetrieben, die diese jüdischen Gesichter
aus der Ukraine nur ungern wiedersahen: die Offiziere
aus der Armee des Hetmans Petljura und alle ihre Kum-
pane, die noch vor kurzem viele Juden abgewürgt hatten,
bis ihnen die eigene Heimat vergällt war, da Lenin sein
Plakat anschlug: »Gegen die Schwarzen Hundertschaften
und gegen die Pogrome.« Jetzt hatte die französische Polizei die Sorge, die weißen Zaristen von den jüdischen
Emigranten getrennt zu halten. Sie konnte gleichwohl die
Kugel nicht abfangen, mit der der Uhrmacher Schwarz-
bart aus St. Paul den Hetman der Ukraine, Petljura, ab-
knallte; der hatte ihm in dem letzten Pogrom daheim
seine ganze Familie ermordet.

Der junge Levi besuchte den Vater jeden Freitagabend.
Nathan Levi dankte Gott, weil sein Sohn kein gewöhn-
licher Kürschner geworden war, sondern ein auserwähl-
ter Mensch, der seinen Kranken ergeben war wie ein guter Lehrer seinen Schülern. Die Augenklinik war nicht
nur für den Sohn, sie war auch für den Vater heiliger Boden. Der Vater ließ sich von dem Sohn Lehrbücher mit
den Schemata des menschlichen Auges zeigen, über das
offenbar sein Junge am meisten grübelte unter allen Or-
ganen, die Gott geschaffen hat. Er wunderte sich gar
nicht, daß alle Professoren auf seinen Sohn bald aufmerksam wurden. Man ahnte auch schon in St. Paul vor dem

Examen, daß der kleine Levi ein großer Augenarzt würde. Den Vater grämte bloß eins. Er selbst war in dem Alter des Sohnes Vater gewesen, die Liebe hatte sein Leben bis auf den heutigen Tag erhellt.

Er sprach über diesen Kummer mit seinem Nachbarn, dem Löb Mirsky. Der war jetzt sein Freund. Denn die plötzliche, zuerst unerträgliche Vereinsamung durch den Tod des Bruders und den Wegzug des Sohnes hatte die gute Folge, daß sich seine Augen auch für die Mitmenschen öffneten. Er hatte Anschluß an den Nachbarn gefunden, der schon längst vor dem Krieg, nach dem Ritualmordprozeß in Odessa und der daraus entstandenen Judenverfolgung, nach Paris verschlagen worden war. Er hatte, wie Levi, die Frau verloren und das Kind gerettet, eine Tochter, die ihm später den Haushalt führte, bis sie das Lernen mehr liebte, als es, wie ihr Vater glaubte, ihrem schönen Wuchs und ihrem ebenso schönen Angesicht zutunlich war. Die beiden Väter waren sich klar, daß ihre Kinder ein gutes Paar abgeben würden, wenn sie sich nicht den Plänen der Eltern durch die Einwirkung neuer Bräuche in dem neuen Land hartnäckig widersetzten. Der alte Levi, dem das schöne, störrische Mädchen überaus für den Sohn behagte, riet dem Nachbarn, endlich die Erlaubnis zu geben, daß die Tochter aller häuslichen Pflicht ledig werde und täglich zum Lernen auf das linke Seineufer nach der Sorbonne gehe. Es fügte sich dort, daß das Lernen die beiden jungen Leute ebenso sicher zusammenfügte wie der schlaueste Heiratsvermittler. Der junge Levi bemerkte schnell das dunkelbraune Haar, die sanften Augen, die durchsichtige Haut, den stillen Schritt. Die beiden Väter feierten nach dem Examen die ersehnte, die endlich geglückte Heirat.

Jakob Levi, der jetzt der Doktor Jacques Levi hieß, war noch längst nicht in dem Alter, in dem der Ruf eines Mannes sonst feststeht, als ihm zuerst in der Klinik seines Lehrers, dann in der eigenen Klinik an der Place de Sèvres der Zustrom der Kranken einen Namen machte. Der Vater freute sich, war aber erst glücklich, als er einen Enkel bekam, ein wenig später, als er gehofft hatte. Er hatte sich um so ungeduldiger Nachkommenschaft gewünscht, da er, genau wie dereinst seine Schwiegereltern, sich schwächer und älter fühlte, sobald er Frieden und Ruhe dazu hatte. Er saß oft in dem Sprechzimmer des Sohnes, wo er die Klagen und Lobpreisungen der Augenkranken anhörte. Dann fuhr er mit dem Sohn heim, um ein wenig mit dem Enkel zu spielen, und später, um die Schulhefte zu betrachten, wie er ehemals die des Sohnes betrachtet hatte.

Er trat eines Tages zu ungewohnter Zeit in die Klinik an der Place de Sèvres, als die Sprechstunde gerade beendet wurde. Er bedeutete dem erstaunten Sohn, er sei absichtlich gekommen, um mit ihm allein zu sprechen. Der Sohn hätte jetzt seine eigene Familie, sein eigenes Heim, sein Kind, seinen Beruf. Der Vater betrachte darum das Gebot erfüllt und die Zukunft seiner Nachkommenschaft gesichert. Der Doktor Jacques Levi wunderte sich, was sein Vater mit dem Besuch bezweckte. Er war noch erstaunter, als der Alte fortfuhr, in viel gewichtigerem, feierlicherem Ton, als er sonst zu sprechen pflegte, Gottes Wege seien unergründlich. Man bedenke, wie er nach dem Pogrom von L. zuerst nach Wien, dann von Wien nach Kattowitz, von Kattowitz nach Paris geflohen sei, den Sohn auf den Knien, und wie die Familie in dem Sohn gewachsen sei. Er sprach, als hätte er schon vergessen, daß der Sohn im weißen Arztkittel ihm gegenübersaß. Er wünschte wohl noch ein wenig der Hauptsache auszuweichen, die ihm endlich aus dem Mund kam.

Er sei nicht älter als jetzt sein Enkel gewesen, da hätte die ganze Stadt L. einen alten Mann an die Bahn begleitet, der abgefahren sei, um im Gelobten Land zu sterben. Das Reiseziel sei ihm schon damals als das verlockendste vorgekommen, das sich ein Mensch ausdenken könnte. Er könnte sich auch heute noch gut an den Abschied erinnern, als hätte er gestern stattgefunden. Damals sei der gewaltige Wunsch in sein Herz gepflanzt worden, auf demselben Fleck sterben zu dürfen, wenn er so alt sei wie der Alte. Er habe den Wunsch auch nie vergessen, nur tief in sich verborgen. Er habe bereits im geheimen das nötige Geld für die Reise gesammelt, auch für den letzten Aufenthalt in dem Altersheim in Jerusalem. Er hätte die Auflösung der Kürschnerei bereits dem Nachbarn übertragen, so daß nichts überstürzt werde.

Der junge Levi staunte über den Bericht des Vaters, der von mehr Entschlußkraft zeugte, als er dem sachten, weichen Mann je zugetraut hätte. Und diese Entschlußkraft bezog sich nicht auf die Lebensumstände, sondern auf das Sterben. Er staunte auch, daß der alte Mann, der sonst anschmiegsam und sehr offen war, den Plan wie ein Geheimnis verborgen hatte, sowohl in der letzten Zeit, als die Verwirklichung möglich wurde, wie durch sein ganzes früheres Leben, da der Plan nur ein Traum war. Er stellte dem alten Levi vor, daß ihm schon sein Umzug aus St. Paul nach dem Quartier Latin einen Schmerz bedeutet hätte, obwohl man doch keine halbe Stunde brauchte, um über die Brücke zu gehen. Er las aber in den glänzenden Augen des Alten, bevor er noch seine Warnung beendigt hatte, die Antwort. »Gewiß, wenn man stirbt, geht man einen weiteren Weg, als man je im Leben für möglich gehalten hat.« Der Sohn brach ab. Er verstand, daß es keinen Zweck hatte, seinen Vater abzuhalten. Es war im Gegenteil seine Pflicht, die Abreise zu erleichtern, damit der alte Mann seinen Tod ruhig erwarten konnte.

Der Vater, dem jede Trennung fast das Herz gebrochen hatte, bereitete sich selbst fliegend auf die Abreise vor. Er lud seine Kinder nach St. Paul zum Abschiedsessen ein, das so heiter wurde wie ein Feiertagsabend. Sein Sohn mußte ihm beim Abschied versprechen, regelmäßig zu schreiben. Er konnte sich ruhig auf den Tod vorbereiten in dem Land seiner Väter, wenn alles, was hinter ihm lag, besorgt war. Der Sohn schrieb seinen ersten Brief, bevor er den alten Mann an den Hafen brachte. Der Vater meldete in seinem ersten Brief zugleich seine glückliche Ankunft und den Dank für die Post, die er schon empfangen hatte.

Man fühlte an diesem Dank, daß der Alte beruhigt war, weil sein Anteil am Leben erfüllt war. Er dankte Gott, der ihm erlaubt hatte, in das Gelobte Land zurückzukehren, aus dem ihn nun nichts mehr wegbringen konnte. Er fühlte bei jedem Schritt, daß er jetzt auf der Erde ging, in der begraben zu liegen er sich von jeher gesehnt hatte. Er dachte zuerst überhaupt kaum mehr an das Leben, das er verlassen hatte. Er hatte zunächst nicht einmal Sehnsucht nach seinem Sohn oder nach seinem Enkel. Er dachte höchstens an seine tote Frau, die in seinen Träumen so sanft und so still wie er selbst war, die jüngste und lieblichste Tote. Er merkte kaum, daß das Heilige Land viel heißer war als all die Länder, die er bis jetzt auf Erden durchquert hatte. Er gab nicht auf die fremden Gesichter acht und die sonderbaren Gepflogenheiten und die Streitigkeiten um ihn herum, die nicht minder heftig wurden als in St. Paul. Weil man nicht wissen konnte, wieviel Zeit noch verging, bis man ihn ins Grab legte, ging er sehr vorsichtig mit seiner Barschaft um. Er wohnte in dem Asyl, das von alten, einsamen Männern bewohnt war, die gleich ihm aus allen Teilen der Welt gekommen waren, um hier im Gelobten Land zu sterben in einem kleinen Zimmer wie seins, das er mit einem Bewohner teilte. Er selbst war sanft und still, sein Zimmergenosse war grobknochig und ein wenig bösartig. Während Nathan Levi gern für sich allein nachdachte und lernte und betete, geriet der andere gern in Händel und in die heftigsten Auseinandersetzungen nicht nur mit diesem und jenem Hausgenossen, auch in der Gemeinde, sogar mit Gott selbst; er war für die Schlauheit berühmt, mit der er Erklärungen und Einwände einstreute, während Levi, früh gealtert, für ein wenig töricht galt.

Der alte Levi wurde sich nach und nach erst darüber klar, daß er immerhin noch auf Erden lebte, in alle Mißhelligkeiten des irdischen Lebens verstrickt. Indem er sich darüber klar wurde, fühlte er auch die Last des eigenen Alters. Er dachte weniger an die Tote, die er liebte, und desto mehr an die Lebenden, die er gleichfalls liebte. Er schrieb besorgt an den Sohn, den Doktor Levi in Paris. Er wartete aufgeregt auf Antwort. Er fühlte sich eine Zeitlang ruhiger, wenn ihn die Post über das Wohl der Familie beschwichtigte, die er daheim gelassen hatte. Vor seiner Abfahrt hatte er das Land, in dem er sich jetzt befand, für »Daheim« gehalten.

Der Arzt Levi schrieb viel leichter und heiterer, als er früher mit dem Vater hatte sprechen können. Die leise Unruhe entging ihm nicht, die erst nach und nach aus den Briefen des Alten klang, sowenig wie einem Vater die Unruhe in den Briefen des Sohnes entgeht. Als ihm der Alte einmal schrieb, er könne jetzt seinen Sohn gut brauchen, weil seine Augen schwächer würden, schrieb ihm der Sohn beinah streng zurück: »Du hast Gott bei der Ankunft gedankt, daß Du endlich angekommen bist. Es gibt überall gute Ärzte, besonders da, wo Du bist. Die Heilkunst ist nicht auf ein einzelnes Land beschränkt und erst recht nicht auf einen einzigen Menschen. Ich kann jetzt nicht zu Dir fahren, weil ich meine Hilfe vielen versprochen habe.« Der Vater setzte sich mit dem Brief an die hellste Stelle des kleinen Zimmers, an das Fenster, das auf den Garten ging. Es war kein üppiger Garten, ein paar junge Bäume umschlossen das Herz des Gartens, das Stückchen Rasen. Die Bäume waren von der Gemeinde gestiftet und gepflanzt worden. Ihr kleiner kreisrunder Schatten reichte gerade aus für eine zusammengerückte Gruppe von Greisen. Der alte Levi fühlte sich durch den Brief getröstet und auch ein klein wenig beschämt. Er nahm sich vor, von jetzt an seine Leiden und Schwächen zu verschweigen. Sein Sohn schrieb fortwährend fröhlich und beinahe aufmunternd, als ob er ahnte, daß sein Vater gerade solcher Briefe bedürfte. Er fragte nicht einmal mehr nach der Augenkrankheit, so daß der alte Mann sich beruhigte, der Sohn hätte seine kurze Klage vergessen.

Der Arzt hatte aber gar nichts vergessen. Er fragte nur deshalb nicht mehr, weil er wußte, daß er dem Alten ohnedies nie mehr würde helfen können. Er schrieb immer weiter leicht und froh, auch als sein eigenes Glück unversehens zerstört war. Auf einmal war ihm, der mitten in der Arbeit stand, der Tod viel näher als seinem Vater, der weggefahren war, um zu sterben.

Er hatte längst den Ruf eines großen Augenarztes, zu dem auch Kranke aus fremden Ländern fuhren. Er selbst sah in dem Erfolg nur ein zufälliges Zubehör seines Berufes, den er treu erfüllt hatte, Tag und Nacht, ohne sich von Müdigkeit oder von Zweifel irremachen zu lassen oder von Fehlschlägen oder von Klagen. Er war nicht stolz auf den Erfolg. Er war nur den Kranken dankbar, daß sie zu ihm kamen, weil sie bei ihm auf Heilung hofften.

Die junge Frau hatte immer verstanden, daß zwischen daheim und Spital keine Trennung war. Sie hatte ihm von der ersten Stunde an beigestanden, damals, als sie im Hörsaal aufeinandergestoßen waren, ohne zu wissen, daß sie einen Plan ihrer Väter erfüllten. Sie hatte immer danach verlangt, aus dem engen Heim herauszukommen, in dem es nur eine Art Pflichten gab, die ihr dürftig und kleinlich vorkamen. Jetzt hatte sie ernste, schwerwiegende Pflichten in ihrem Haus, in dem die Kranken zur Familie zählten, an den Betten der Kranken, bei der Erziehung des kleinen Sohnes, die nur ein Teil ihrer Pflichten war. Die Eltern freuten sich, daß ihr Sohn in dem Land aufwachsen konnte, in dem sie erst Wurzel hatten schlagen müssen, daß er nicht erst in der Schule Französisch lernte, sondern schon vorher so gut wie sein Lehrer sprach. Wenn sie den Jungen vom Fenster riefen, dann freuten sie sich, wenn er mit den Gassenbuben spielte, so daß er gar nicht von dem Knäuel sich balgender Buben zu trennen war, anstatt, wie früher sein Vater, verlegen, in seltsamen Kleidungsstücken aus der Haustür dem Spiel zuzusehen. Sie teilten Sorgen und Freuden in ihrem gemeinsamen Leben, wie immer in ihren Familien die Väter und Mütter Sorgen und Freuden geteilt hatten, nur waren es andere Sorgen und andere Freuden gewesen.

Der Arzt merkte frühzeitig, als sein äußeres Glück beneidet wurde, daß sein Glück von innen heraus bedroht war. Er täuschte sich nicht über die Art seiner Krankheit, die ihn zuerst nur gelegentlich plagte. Er konnte selbst seinen Todestag beinahe festsetzen, als alle Heilversuche fehlgeschlagen waren. Er nutzte die Zeit, in der er noch kräftig und ruhig war. Sein Vater brauchte nie zu erfahren, daß er vor ihm hatte sterben müssen. Er schrieb darum, obwohl ihn die Schmerzen schon hinderten, mit Aufbietung seiner letzten Kräfte soviel Briefe, wie sein Vater in den vereinbarten Abständen zu empfangen gewöhnt war. Er gab das Bündel vorbereiteter Post seiner Frau und nahm ihr ebenso feierlich, wie ihn sein Vater zum Schreiben verpflichtet hatte, das Versprechen ab, nach seinem Tod einen Brief nach dem anderen abzuschicken. Wenn er sich, von Schmerzen gepackt, zum Schreiben zwang, dann fragte sie lächelnd, als sei damit die Gewißheit weggeschoben, wie er denn für die kommenden Jahre Dinge vorausbeschreiben könne. Ihr Mann erwiderte, daß es Dinge genug zu beschreiben gäbe, die nichts auf der Welt veränderte.

Er schickte selbst einen Patienten nach dem anderen zu fremden Ärzten, von denen jeder, wie er beteuerte, ebensoviel wie er selbst verstand. Er machte sich klar, was er gesund nie geglaubt hätte, daß seiner nicht länger bedurft wurde und daß die Gesunden und Kranken ohne ihn auskommen mußten, da die Heilkunst nicht auf einen Menschen beschränkt war, genau wie er seinem Vater gesagt hatte.

Die junge Frau glaubte selbst dann noch nicht an seinen Tod, als er das Kind nicht mehr erkannte. Selbst als er schon auf dem Totenbett lag, konnte sie sich das Kind nicht als Waisenkind vorstellen. Bei dem Begräbnis waren die ehemaligen Nachbarn noch einmal stolz auf den jungen Levi, der es so weit gebracht hatte. Denn viele Ärzte mit großen Namen kamen zu seiner Beerdigung und kleine bärtige Landsleute, sogar der immer noch rüstige Lehrer Rosenzweig. Es kam auch der Lehrer vom Lycée Charlemagne. Ein jeder von beiden dachte bei sich, daß er den Toten zu dem gemacht hatte, was er im Leben gewesen war.

Die Frau schickte pünktlich den ersten Brief an den alten Levi aus dem Vermächtnis des Toten, das ihr wie ein Auftrag des Lebenden vorkam. »Du wunderst Dich vielleicht«, stand in dem Brief, »daß ich nicht sofort zu Dir gereist bin, als Du mir zu verstehen gegeben hast, daß Du krank bist. Du hast mich selbst beim Abschied gelehrt, daß es eine noch höhere Verpflichtung gibt. Du bist von Deiner Familie weggefahren, um Deinen brennendsten Wunsch zu erfüllen. Ich habe damals sofort verstanden, daß nicht Deine Liebe zu mir sehr klein war, sondern Dein Wunsch sehr groß.«

Die Frau besorgte dem Toten Brief nach Brief, so wie sie ihm lebend jede Last abgenommen hatte. Ein jeder Brief fügte ihr gemeinsam gelebtes, jäh gespaltenes Leben wieder zusammen. Der alte Levi freute sich, wenn er einen Brief bekam, daß er so klug gewesen war, die zwei widerspenstigen jungen Leute, die sich keinen Befehlen gefügt hätten, mit einer List zusammenzubringen. Der Sohn schien auch jetzt zu bereuen, daß er den alten Mann nie hatte an seinem Glück genug teilnehmen lassen. Er fand jetzt auch Worte, um ihm begreiflich zu machen, was ihn mit der Frau verband, als ob er sich früher geschämt hätte, etwas zu rühmen, was der Alte nicht begriffen hätte. Der alte Levi konnte das Bild der jungen Frau nicht recht erkennen, das manchem Brief beigefügt war. Er labte sich an den lobenden Ausrufen seiner Freunde. Er dachte aber, daß keine Frau der Welt, sie mochte sein, wie sie wollte, es je mit seiner eigenen hätte aufnehmen können.

»Ich brauche Dir, lieber Vater, nicht erst zu beschreiben, wie wir drei den Feiertag ohne Dich verbracht haben. Wir lassen den Sessel für Dich frei, als seiest Du nur eben aus dem Zimmer gegangen.« Der alte Levi versuchte, den Brief selbst zu lesen, erreichte aber bald nicht mehr, als das Papier zwischen seinen Fingern zu befühlen. Sein Zimmergefährte, der selbst keine Post bekam und daher mit Neugierde diese Briefe erwartete, kam rasch herbei, um sie langsam und gründlich vorzulesen. Der Alte diktierte ihm auch bald seine Antworten, damit den Sohn seine zittrige Schrift nicht beunruhige. Allmählich gewöhnten sich auch die übrigen Greise im Altersheim, mit ihm auf die Post aus Paris zu warten und ihn zu trösten, wenn er zu lange warten mußte.

Die junge Frau in Paris genoß die väterlich einförmige Antwort an den weit weg lebenden Sohn, als sei durch diesen Briefwechsel der Tod selbst überlistet. An Festtagen sperrte sie sich in ihr dunkles Zimmer, wo sie am besten des Schimmers verlorener Feste habhaft wurde. Sie machte sich die Absendung der von dem Mann hinterlassenen Briefe zu einer abergläubisch genauen Pflicht. Die neuen Bewohner des Hauses hatten ihr eine Zuflucht gelassen. Sie hießen Dumesnil, der Mann, ein Augenarzt, war der Freund des Toten gewesen. Er hatte eine junge Frau, so alt wie die Witwe, sie waren in alten Tagen in Freuden und Sorgen zwei gute Paare gewesen. Jetzt war von der alten Freundschaft nichts übrig als der kleine magere Junge und die schweigsame, über die Trauerzeit hinaus dunkelgekleidete Frau, die sich durch nichts bewegen ließ, an ihren Freuden teilzunehmen. Sie schien sich immer nur zu wundern, wie leicht und wie schnell sie den

Toten vergessen hatten. Der alte Mann allein wartete sehnsüchtig auf die Briefe. Für ihn war der Mann lebendig wie für sie selbst.

Der alte Levi spürte jetzt immer deutlicher, daß er noch mit einem Fuß auf der Erde stand. Die Erde ließ ihn so leicht nicht fort, wie er geglaubt hatte. Die alten Männer saßen jetzt oft in großer Unruhe beisammen. Das Land ihrer Väter war genauso wie alle Länder der Welt von Unruhe aufgewühlt und von den düsteren Nachrichten, die wie Schwärme von Todesvögeln dem Krieg vorauszogen. Was Hitler beging, war nur ein Nachspiel von alten berühmten Untaten, die ihnen geläufiger waren als alles, was heute geschah, und ihnen traumhaft und zeitlos vorkamen. Der Aufschub des Krieges war einer der ohnmächtigen Versuche, dem Unvermeidlichen zu entgehen. Der Ausbruch des Krieges war das häufig erlebte Vorspiel des unvermeidlichen Endes. Wenn ihre eigene Erinnerung versagte, fanden sie immer noch in der Bibel Vergleiche mit ungeheurem Gemetzel, mit Einkerkerungen und Hinrichtungen und auch mit unwahrscheinlichen Heldentaten. Dort fanden sie Beispiele aus den Zeiten der Richter und der Könige von scheinbar aussichtslosen Wagnissen um des Glaubens willen, auch von todesmutigen Rückzugsgefechten einer kleinen Schar. Und giftige Pfeilregen waren über die Städte gegangen, so tödlich wie heute die Bomben auf London. Sie saßen eng um den alten Levi herum, der an Wuchs unter ihnen der kleinste Greis war, in dem kleinen runden Schatten, der ihnen allen am Garten am besten behagte. Sie steckten auf diesem Rasenplätzchen die Köpfe zusammen, als wüchsen die starren Bärte aus einer einzigen Dolde.

Der Vater Levi merkte an ihrem fortwährenden Trost, wie schlimm es jetzt in Europa stand und welche Gefahren sein Fleisch und Blut bedrohten. Fast jeder Trost hat ja die Wirkung, daß man an seiner Maßlosigkeit die Gefahr am besten ahnt. Die Jugendtage waren ihm selbst im

Alter nur noch klarer geworden. Die Tritte der Kosaken waren ihm nie verhallt. Das weiße, im Sterben glänzende Gesicht seiner Frau war ihm jung und weiß geblieben. Der Kranz von seidigen und von struppigen Bärten zuckte und zitterte um seinen eigenen Bart herum, der gar nicht klein und fein wie er selbst war, sondern greisenhaft wuchtig. »Lieber Vater, unsere Gedanken bleiben bei Dir. Der eine von uns wird weit gerufen, der andere darf nicht von dem Platz weggehen, auf den er einmal gestellt worden ist.« Der alte Levi schloß sich schon längst nicht mehr mit seinen Briefen ein; da er ohnedies auf die Hilfe aller seiner Gefährten angewiesen war, teilte er nicht bloß die Wege mit ihnen, da er nicht mehr allein gehen konnte, die Handgriffe beim Anziehen, die zahllosen Befürchtungen und Mutmaßungen. Er hatte sich auch daran gewöhnt, das Beste mit ihnen zu teilen: die Briefe des Sohnes und den Trost, der ihm aus ihnen kam. »Lieber Vater, was auch geschieht, meine Arbeit bleibt immer dieselbe. Was auch der Tag für Ereignisse bringt, mein Tagewerk ist mir vorgeschrieben. Was auch die Menschen für Wege einschlagen müssen, ich gehe jeden Morgen denselben Weg, von meinem Haus zu meinen Kranken. Was sich auch jetzt auf der Welt ereignet, die aufregendsten und geheimnisvollsten Ereignisse vollziehen sich für mich in dem Augenspiegel. Ich danke Dir Tag und Nacht, lieber Vater, daß Du mir damals keinen Widerstand entgegengesetzt, sondern mich immer nur bestärkt hast in dem Beruf, den ich mir gewählt habe.« Die weißen und grauen Zotteln kitzelten Levis Gesicht, wenn ihre Köpfe sich über den Brief beugten. Er ließ ihn nicht gern aus der Hand, selbst wenn er ihn nicht entziffern konnte.

Die Witwe in Paris hatte den Ausbruch des Krieges mit all der Ruhe und Gleichmäßigkeit erlebt, die Menschen aufbringen, die an Leid gewöhnt sind. Sie konnte den anderen zeigen, wie man sich in schweren Tagen verhält, die ihr geläufiger waren als jenen, die immer nur gute erlebt hatten. Sie war früher beinah ein Hemmnis geworden, weil es ihr nie gelungen war, sich in die Lustigkeiten und Festlichkeiten zu fügen. Die Doktorsleute freuten sich jetzt, wenn sie eintrat, gewappnet gegen Kummer. Sie wunderten sich, weil sie an ihrem Geburtsland hing, in dem sie als Kind nur Schlechtes erlebt hatte. Seit Polen verbrannt und verwüstet war, besann sie sich nur auf die guten Stunden. Sie sprach von den Bauersleuten, die ihr einen Apfel geschenkt hatten, damals, als man ihre Mutter erschlug. Das ganze gequälte Volk setzte sich jetzt für sie aus dieser Art Bauersleuten zusammen. Der dicke Rock der Bäuerin, in den sie sich einmal hatte ausweinen können, verdeckte damals und heute das Schlechte.

Der alte Mann wartete desto ungeduldiger auf Post, je dringlicher ihn seine Freunde trösteten.

»Lieber Vater, Du darfst nicht verzweifeln, wenn die Post von mir manchmal eine kurze Zeit ausbleibt. Was auch kommen mag, ich bin immer auf meinem Posten. Meine Pflichten verändern sich nie. Du kannst Dir an jeder Stunde am Tag vorstellen, was ich gerade tue. Für mich gibt es keine Zerstreuung und keine Ablenkung mehr. Ich stehe auf, sobald mich ein Kranker braucht.« Gewiß, den Sohn hielt im Krieg die Pflicht erst recht bei den Kranken fest. Das Glück über den Brief fiel mit dem Segen des kleinen Schattens zusammen, da ihm die Sonne sonst weh tat. Soweit man sich aus dem Gelobten Land in ein schlechtes sehnen kann, hatte er manchmal geheime, sich selbst nicht eingestandene Sehnsucht nach Kälte, die einem die Backen zerbiß, nach der vor Frost gesprungenen Erde, nach unbändigem Schneegestöber. Er labte sich, bis ein neuer Brief kam, an dem Geknister des alten, den er heimlich, statt mit dem Blick mit den Fingerspitzen genoß. Er bat manchmal seine Hausgefährten, den alten Brief zu wiederholen. Sie folgten ihm gerne, weil solche Briefe auch sie trösteten.

Die Witwe des Arztes rüstete schon in Paris ihr Gepäck, um abzufahren. Man sagte sich in der Stadt, daß Hitler die Maginotlinie umgangen hätte und jede Stunde näher rücke. Die Flüchtlinge übernachteten auf den Straßen und in Bahnhöfen. Die Autos schleppten seltsame Lasten durch die Tore: Statuen des Louvre, Kisten voller Banknoten, Instrumente von Spitälern, bunte Glasfenster aus den Kirchen. Die junge Frau sah den bepackten Postautos mit dem Gedanken nach, ob jetzt ein Brief ihres Mannes vor dem Einmarsch der Nazis das Schiff erreichen konnte.

Der Fall von Paris war schon zu den Ohren des alten Levi gekommen, als er den Brief in der Hand hatte, auf den er diesmal in einer Verzweiflung hatte warten müssen, die nur durch das Alter gemildert war und durch die Nähe des Todes, der alles dämpft und mildert.

Der älteste Greis, dem merkwürdig scharfe Augen geblieben waren, wie auch sein Verstand scharf und klar war, las allen genau und eindringlich vor: »Mir hat heute morgen ein Kranker einen Traum erzählt, ein junger Mensch, der kürzlich ein Auge verlor. Wir sind noch um sein zweites Auge besorgt. Ich fürchte, ich kann es nicht mehr retten, obwohl ich bemüht bin, ihm das Gegenteil zu versichern. Mir träumte, erzählte er, mein zweites Auge sei gleichfalls verloren. Ich war verzweifelt. Man nimmt mir meinen Verband ab. Auf einmal sehe ich alles mit beiden Augen, sogar mit dem Auge, das gar nicht mehr da ist; ich sehe Sie, ich sehe das Licht; ich sehe den ganzen Krankensaal. – Ein andrer erzählt mir im Spital, er liebe die Nacht am meisten, denn wenn ihm auch tagsüber alles dunkel sei, bei Nacht im Traume erkenne er seine Frau wieder, die Gesichter seiner Kinder.«

Dem Vater dünkte, der Sohn, der sich stets vorm Wortemachen gescheut hatte, fände jetzt erst im Schreiben seine verborgene Beredsamkeit. Er hätte jetzt erst Lust, die kleinen Begebenheiten zu schildern, die er früher bei Fragen gern übergangen hatte.

»Mir wird oft bang, wenn mich die Kranken drängen, ihnen die ganze Wahrheit zu sagen. Sie sagen zwar, ganze Wahrheit, doch was sie meinen, ist Hoffnung. Ich weiß aber schon durch einen Blick, ob ihre Krankheit heilbar ist oder ob nur der Tod sie heilen kann.«

Der alte Levi fühlte, daß solche Worte auch auf ihn selbst gemünzt waren. Er stellte sich unter dem Ewigen Licht eine milde Klarheit vor, die ihm kein Arzt mehr verschaffen konnte, und wäre er selbst dem Sohn überlegen.

Die Witwe des Arztes hatte inzwischen mit ihrem Kind den Ausgang aus Paris angetreten. Sie gehörten zu den Verdammten, die das Jüngste Gericht in der teuflischen Juniwoche von Sonntag bis Mittwoch über die Route d' Orléans gegen die Loire jagte. Sie drückte in dem Auto der Arztfreunde ihr Kind hart an sich. Sie kamen ruckweise vorwärts in dem Wirbel und in den Stockungen des Menschenstroms. Am Straßenrand lagen die Trümmer verunglückter und von Fliegern zerstörter Autos in Klumpen von Toten und von Verwundeten. In dem Unglück, dem das Herz nicht mehr gewachsen war, erschien selbst der Tod nur ein unvermeidlicher Zwischenfall. Auf vielen Bäumen hatten Mütter die Namen der plötzlich im Gewühl verlorengegangenen Kinder angeschrieben. Die Witwe des Arztes hatte nicht mehr das Bewußtsein, ihr Mann sei tot, viel eher, er sei in dem Wust verlorengegangen. Die tiefe Gleichgültigkeit der Frau, ihr Unbewegtsein von Todesgefahr, das ihr die Verzweiflung eingab, erschien ihren Reisegefährten als Mut. Sie krochen alle zusammen unter das Auto, wenn ein Fliegergeschwader am Himmel heransurrte. Sie hörten jedesmal um sich herum in Splittern und Trümmern das Geheul von Menschen. Sie hatten das Glück, daß ihr Wagen heil blieb. Sie merkten erst im Weiterfahren, daß das Kind gestreift worden war. Weil es viel zu verstört war, um zu klagen, bemerkten sie seine Wunde erst, als sein Kittel von Blut trätschte.

Sie fuhren das Ufer der Loire entlang auf der Suche nach einer Brücke, die noch nicht gesprengt war. Die Menschen schrien, zwischen Pfeilern baumelnd, in ihren zerbrochenen Wagen. Das Kind lag auf den Knien der Mutter, betäubt oder in krankem Schlaf. Es schlief auch noch auf der rechten Loireseite, als sie nachts in ein Gehöft krochen. Sie rasteten, bis sich der Junge erholt hatte. Dann fuhren sie rasch gegen Süden. Obwohl die Frau ihr ganzes Gepäck bei der Reise eingebüßt hatte, trug sie das Päckchen von ihrem Mann hinterlassener Briefe noch unversehrt in der Tasche. Es war ihr ein ebenso teures Gut wie dem alten Vater, die Bürgschaft des Lebens. Sie setzte das Kind am Bahnhof von Toulouse in den Schoß der Freundin, um den nächsten Brief einzuwerfen.

Sie fanden Zuflucht in einem Dorf an der Rhône, das von Flüchtlingen vollgestopft war. Die Dumesnil waren ihrer Untätigkeit bald müde. Sie trauten dem Waffenstillstand sowenig wie den neuen Herren in Vichy, die ihn unterschrieben hatten. Sie rüsteten sich, von Marseille nach Algier zu fahren, weil dort ihre Kraft gebraucht werden konnte. Sie drangen umsonst in die Frau Levi ein, sich mit dem Kind ihnen anzuschließen. Doch eben das Kind, das immer noch schwach und kränklich herumlag, wurde der Frau zum Anlaß, ihre Reise hinauszuschieben; ein Anlaß, der eher ein Vorwand war, ihre restlichen, viel zu geringen Kräfte nicht länger gegen ein Schicksal aufzulehnen, in das sie von vornherein ergeben war, weil sie keinen Widerstand mehr aufbrachte. So daß die Dumesnil nicht mehr aus Freundespflicht bei ihr aushalten konnten, sondern sich auf ihre eigene Kraft und auf ihr eigenes Schicksal verließen. Frau Levi gab den Freunden den letzten Brief des Toten, da sie ihrem Schicksal schon selbst mißtraute, nach Afrika mit, damit er sicher befördert wurde. Das Bild des alten Vaters hatte zwar seine Leuchtkraft eingebüßt wie alle Erinnerungen, das Bild des Toten war aber klarer geworden.

Als der alte Levi den Brief bekam, den die Frau noch selbst in Toulouse eingeworfen hatte, da rückten die Greise dicht um ihn herum. Der greiseste Greis, dem der Brief nur noch schimmerte, las ihm in die Augen und Ohren. »Das Kind fragt uns oft, wann Du wieder zurückkommst. Es kann nicht verstehen, daß Du fort bist. Ich denke manchmal, wie schlau die Kinder sind, daß sie den Tod nicht wahrhaben wollen. Sie halten das Sterben für einen von den sonderbaren Einfällen, die wir Erwachsenen manchmal haben.«

Obwohl der alte Levi schon längst nicht mehr lesen konnte, setzte er sich in seiner freien Zeit allein mit dem Brief an den gewohnten schattigen Platz. Man hätte von weitem glauben können, er sei noch ein junger, gesunder, scharfsichtiger Mensch, wenn man ihn beobachtete, weil er den Bogen immer wieder entfaltete und das Kuvert glättete und, immer wieder die Lippen bewegend, über die Zeilen flog, deren bloßer Schimmer ihm vertraut war. Er war viele Wochen mit dem Brief ruhig. Dann fing er an, auf einen neuen zu warten, zuerst im geheimen, immer noch von dem alten getröstet, dann seufzend und nach Post fragend und schließlich laut unruhig und sichtbar gequält. Die Mitbewohner trösteten ihn, so gut sie konnten. Doch konnten sie nicht verhindern, daß er stets nach der Ankunft des Postboten horchte und manchmal tappend und tastend dem Briefträger entgegenging, nur um zu erfahren, daß sein Sohn noch nicht geschrieben hatte. Der Älteste, der helläugige Greis, der auch der Schlaueste war, kam auf den Gedanken, selbst einen Brief zu verfassen, denn der alte Levi könnte den echten ja nicht mehr lesen. Die Hausgefährten weigerten sich. Ein solcher Betrug erschien ihnen sündhaft. Wenn schon ein Unglück bestimmt sei, dann müsse es ertragen werden.
   Inzwischen wartete jene Arztfamilie Dumesnil an ihrem Bestimmungsort in Algier auf die Ankunft der jun-

gen Frau mit dem Knaben. Statt ihrer kam nur die Nachricht, der Sohn sei noch zu krank, um abzufahren. Sie drängten, weil die Nazibesetzung Frankreichs von Tag zu Tag drohte. Die Witwe begann zwar endlich, ihre Überfahrt anzuordnen, die immer verschoben wurde, wie es vielen ging, durch die Beschaffung all der Zulassungspapiere. Die Frau des französischen Arztes erinnerte sich unterdessen ihres festen Versprechens, den anvertrauten Brief an den alten Levi zu besorgen. Sie verstand, daß die Absendung dieses Briefes ein Gelöbnis war, das ihre Freundin unverbrüchlich ernst nahm.

Der alte Levi war von Krankheit und vor Verzweiflung winzig zusammengeschrumpft. Genau das war eingetreten, was der Sohn verhindern wollte. Statt Friede im Land seiner Väter zu finden, war er in Gedanken im Land seiner Kinder, in dem es blutig und wild herging. Er malte sich alle Leiden aus, die den Sohn betroffen haben konnten. Es deuchte ihn jetzt, er hätte ihn im Stich gelassen.

Er saß an seinem gewohnten Platz, den letzten Brief in einem fort mit den Fingern zerknitternd, als sein Nachbar herankeuchte, der neue Brief sei gekommen. Man rief den Helläugigen; um zuzuhören, drängten die anderen Hausgenossen um den Greis.

»Mein lieber Vater, ich habe in der Nacht geträumt, ich ginge durch die Höfe und Gänge von St. Paul, ich war ein kleiner Junge, ich ging gar nicht an Deiner Hand, sondern an Großvaters Hand. Wir gingen die Wendeltreppe hinauf in den ersten Stock der Synagoge. Die Großmutter zeigte mir von oben herunter die Jahrzeitkerze, die für die Mutter angesteckt wurde. Ich sah auf das Flämmchen begierig hinunter.«

Der alte Levi drehte sein Gesicht, das vom Weinen schnell naß war. Er fühlte wieder einen Anflug von Sehnsucht nach seiner irdischen Heimat. Wie merkwürdig diese Sehnsucht nach einem elenden Land, in dem man nichts anderes erlebte als Schmach und Leiden. Die un-

klaren Gesichter sämtlicher alten Männer, die inzwischen
alle herbeigekommen waren, durch die Neuigkeit von
dem Brief in den Garten gelockt, verschwammen mit den
Gesichtern noch viel älterer Männer, die die Zeit verwa-
schen hatte. Der alte Levi wunderte sich, weil auch sein
Schwiegervater mit dem fransigen, dünnen Bärtchen hier-
hergefahren war. Der Lehrer Rosenzweig war auch gekommen, er fuchtelte streitsüchtig mit den Händen. Der
Bruder der Schneiderin, der seinem kleinen Jungen in Paris die hebräische Schrift beigebracht hatte, als niemand
noch ahnte, was für Ruhm der Junge erwerben sollte. Der
Ruhm war dem Vater selbst unfaßbar geworden, nicht als
ob er schon vergangen sei, sondern als ob er noch gar
nicht begonnen hätte. Jetzt drängte sich jener Schreiner in
den Kreis, der seine Werkstatt in dem Hof der Synagoge
in St. Paul hatte. Er war ein spindeldürres Männchen, verwachsen, mit einer weißen Flocke von Bärtchen. Sie fingen alle miteinander an, sich aus dem Brief vorzumur-
meln. Die schmale, schmutzige, ewig schattige Gasse war
über ihnen von den Türmen und Zinnen des verfallenen
Palastes gerändert.

Er trat unsicher in den Hof. Das krumme Männchen
mit seiner weißen Flocke von Bärtchen nahm ihm die
Kerze ab, die er vorsichtig in der Hand trug. Er steckte
sie in ein freies Loch in der zinnernen Platte, in der es
schon etliche Kerzen gab. Der Schwiegervater sprach das
Gebet, und er zündete die Kerze an. Das glänzend bleiche, zarte Gesicht seiner Frau, die bei dem Pogrom im
Keller gestorben war, glimmte in dem Flämmchen auf. Es
war so lieblich, daß das Gesicht seiner Schwiegertochter
nicht damit zu vergleichen war. Sie war so fein und dünn
wie die Kerze, und alles, was nachkam, war vergänglich
und unfaßbar wie die paar Wachstropfen, die auch zer-
schmolzen.

Die junge Witwe war nicht rechtzeitig abgefahren. Die
Naziarmee besetzte ganz Frankreich. Die französischen

Freunde in Algier liefen umsonst von einem Schiff zum andern. Sie bekamen nach einiger Zeit nur die Nachricht, die Frau mit dem kranken Kind sei irgendwohin verschleppt worden. Sie hatte, wie es zu gehen pflegt, die Abfahrt verschoben, um das Kind zu schonen, und dadurch nur den Untergang vorbereitet. Die Freunde hofften auf kein Wiedersehen mehr. Sie sprachen nur manchmal davon, Mann und Frau, die beiden Franzosen, ob man nicht einen Brief an den alten Levi verfassen müßte. Sie fanden auch einen Flüchtling, der imstande war, einen Brief zu verfassen, der ungefähr den Briefen entsprechen mochte, an die der alte Mann gewöhnt war. Da der alte Levi in dieser Zeit schon beerdigt war, erfuhr man nicht mehr, ob der Brief völlig gelungen war. Er befriedigte jedenfalls nicht die übrigen Hausbewohner. Sie waren bereits so stark an die Ankunft der Briefe gewöhnt, daß sie auch jetzt nach Levis Tod diesen Brief auf dem gewohnten Platz miteinander lasen. Vielleicht war nur die Abwesenheit des Empfängers daran schuld, daß sie sich nicht ganz so beruhigt und erquickt wie früher fühlten.

# Das Ende

Der Ingenieur Volpert stieg von dem Bahndamm ins Dorf hinunter, um ein paar gute Stricke zu kaufen oder zu borgen; Maschinenteile, die er im Kippwagen für die Streckenausbesserung mitführte, gerieten auf der Fahrt derartig ins Rumpeln und Pumpeln, daß sie beschädigt werden konnten, wenn man sie nicht mit Stricken befestigte.

Sein Vorarbeiter, Ernst Hänisch, winkte ihm aus dem nächsten Bauernhof; er hatte dort schon gefunden, was er suchte.

»Grüß Gott beisammen«, sagte Volpert. Hänisch stand neben dem Bauern, einem vierschrötigen mittelgroßen Mann zwischen dreißig und vierzig Jahren; er sagte: »Der Herr Zillich läßt uns gern die paar Dinger da. Ich habe ihm gesagt, wir schicken sie ihm mit dem Gegenzug zurück. Er will kein Geld dafür.«

»Ich kann Ihnen auch noch vier funkelnagelneue verkaufen«, sagte der Bauer, »die stecken noch draußen in meiner Fuhre.« Er sprach bedächtig und langsam, wie alle Leute hierzuland, als ob die Worte auch Geld kosteten und man sich von jedem ungern trennte. Er hatte kleine, dunkle, mißtrauische Augen, die Nasenlöcher waren so rund und so wach wie ein zweites Augenpaar. Die Nase war ein wenig gestülpt und kurz, der Mund war klein, überhaupt waren alle Züge klein in dem Gesicht, das als Ganzes unverhältnismäßig wenig Platz einnahm auf dem dicken Bauernkopf. Auch die Ohren waren klein, die Ohrläppchen waren absonderlich umgekippt, nach vorn statt nach hinten, als ob sie möglichst viel Geräusch auffangen müßten.

Der Ingenieur sagte: »Ja, gut, ich brauche auch die neuen.« Sein Blick war an einem Ohrläppchen hängengeblieben. Der Bauer drehte den Kopf. Er rief: »Hans!« Ein Junge kam in die Haustür; er war vielleicht zwölf Jahre alt. Er war so mager, daß man die Schlüsselbeine durch das Hemd sah. Sein Gesicht sah verschlossen aus, sein großer Mund war zusammengepreßt und ein wenig vorgeschoben. Seine Nasenflügel zuckten. Seine Augen waren gesenkt, als ob ihn die fremden Gesichter störten wie scharfes Licht. Seine Ohren waren groß und abstehend, aber nicht umgekippt.

Sein Vater sagte: »Du, renn mal aufs Feld, bring uns die vier Hanfstricke, die wir die letzte Woche gedreht haben. Sie liegen auf der Fuhre im Korb. Na, wird's bald!« fügte er hinzu, als der Junge zögerte. »Ein bißchen dalli gefälligst.« Er gab dem Jungen, der mürrisch davontrabte, noch einen Tritt in den Hintern.

Der Ingenieur runzelte die Stirn. Er sah dem Bauern genau ins Gesicht. Der lachte. »Der Kerl kann nie fix machen.« Doch seine Äugelchen lachten nicht mit. Sie starrten nachher ein paarmal seitlich in Volperts Gesicht. Der Vorarbeiter Ernst Hänisch fragte: »Wie weit ist's denn bis aufs Feld?« – »Och, zehn Minuten.« Der Bauer schnippte auf einmal mit zwei Fingern; er hatte einen Einfall. Volpert war zusammengezuckt. Da steckte Zillich rasch seine Hand in die Hosentasche, als hätte er mit dem Schnippen etwas Verbotenes getan. Er sagte: »Wenn Sie's eilig haben, ist's besser, wahrhaftig, ich sehe mal gleich selbst nach. Das kann bei dem Lausejungen ja Gott weiß wie lange dauern.« Er trottete durch die Dorfgasse ab.

Volpert sah ihm finster nach. Er lehnte den Kopf an die Hauswand; er schloß die Augen. Er sah jetzt den Zillich genau vor sich, so wie er bis in die Todesstunde in seine Augenlider eingeritzt blieb. Der Zillich auf seinem geschlossenen inneren Auge trug das SA-Hemd, und wie er der Arbeitskolonne den Rücken drehte, spannte sein Hintern die Hosen. »Das Schweinsohr« war er im KZ genannt worden wegen seiner umgestülpten Ohrläppchen. Seine Äugelchen waren damals winzig erschienen in dem dicken Gesicht, winzig wie Vogeläugelchen, aber scharf und genau. Er hatte gleichgültig-aufmerksam wie der Vogel auf der Stange die Ausführung seiner Befehle verfolgt: das Strafexerzieren mit hochgestreckten Armen, bei dem einmal zwei Alte fast gleichzeitig der Schlag gerührt hatte; Kniebeugen in praller Sonne, womit die Neueingelieferten ausgeprobt worden waren; Ablecken der schmierigen Treppe, wobei er den dazu verurteilten Juden in den Hintern trat; und immer, wenn er einem befohlen hatte, tu dies, tu das, war der Befehl mit einem solchen Tritt bekräftigt worden; sogar als Buchholz nachts aus der Baracke zur Erschießung abgeführt worden war, hatte er ihm den Tritt in den Hintern sozusagen ins Grab nachgeschickt. Als Gebhardt vor der ganzen Kolonne zu Tode geprügelt worden war, hatte Zillich, der mit verschränkten Armen gleichgültig zusah, im letzten Augenblick plötzlich auf den Liegenden eingehackt, einem Todesvogel gleich, der sein Opfer umkreist und erst auf es fällt, wenn es verendet.

Volpert hatte sich oft gefragt, was aus dem Büttel geworden sein mochte. Er hatte sich das Wiedersehen in Tag- und Nachtträumen vorgestellt, im Lager selbst hatte ihn vielleicht nur die Hoffnung auf Rache lebendig erhalten. Er hatte nach Kriegsende gierig alle Nachrichten von Verhaftungen durchstöbert, ob er nicht auf den Namen dieses Mannes stieße. Er war seinen Augen entschwunden, als man im Lager schon das Maschinengewehrfeuer der Sowjets gehört hatte. Der letzte Befehl des Kommandanten war gewesen, die Gefangenen zwischen den Baracken zusammenzutreiben und über den Haufen zu schießen. Volpert war in der Verwirrung dem Tod entgangen durch ein Wagnis, das nur die Todesangst eingibt. Vielleicht hatte sich Zillich damals auch schon aus dem Staube gemacht. In diesen Henkern bestand ja der letzte Funken von Menschenähnlichkeit, das letzte Atom einer Ahnung von Gerechtigkeit in der panischen Angst vor den Russen.

Als Volpert die Augen wieder aufschlug, stand eine Frau zwischen ihm und dem Arbeiter Hänisch. Sie trug ein Kleid aus dunkelblauer Baumwolle. Sie hatte ein Tuch um den Kopf gebunden, sie sah so ältlich und runzlig aus, daß sie Zillichs Mutter hätte sein können. Sie sagte aber: »Mein Mann wird so schnell nicht zurück sein, da gehen Sie mal besser solange gegenüber zum Eichenwirt. Er hat zwar immer noch kein Bier, er hat aber einen Stachelbeerwein, selbst gebraut.«

Volpert dachte: Ist das wirklich seine Frau? Ist das wirklich sein Garten? Hieß er wirklich ebenso? Heißt er wirklich ebenso?

Die Dorfgasse sah so sauber aus, als sei sie aus einem Spielkasten aufgestellt. Als einzige Spur, die von den Schießereien geblieben war, von dem erbitterten Bajonettkampf um die Bürgermeisterei, konnten die funkelnagelneuen, von den windschiefen übrigen Häuschen abstechenden Ziegelsteine gelten, aus denen eine neue Altane errichtet war. Daß auch das Wirtshaus seine Schüsse abbekommen hatte, sah man an dem frischen Anstrich auf der vergipsten Seitenwand.

Hänisch und Volpert setzten sich in den Wirtsgarten, Zillichs Haus schräg gegenüber. Der Kopf der Frau Zillich bewegte sich zwischen den Sonnenblumen; sie pflückte etwas von ihrem Küchenbeet, auf dem der Schnittlauch, die Petersilie, die Radieschen und die Kresse in dünnen Reihen gesät waren. Tomatenstauden waren längs des Zaunes gesetzt. Eine Glaskugel glänzte blau auf einer Stange, die höher war als die Sonnenblumen.

Volpert dachte: Ist das wirklich sein Haus? Wohnt er

wirklich hier? Hat er wirklich dieselbe Glaskugel wie
sein Nachbar?

Die Wirtin trat an den Tisch; sie wischte die welken Ka-
stanienblätter mit ihrer Schürze herunter. Sie deckte, befriedigt, weil manches wieder beim alten war, ein kariertes
Tischtuch auf. Sie brachte einen Krug und zwei Gläser.
Hänisch kostete, schimpfte »saurer Dreck«, füllte sich aber
gleich wieder.

Volpert sah unverwandt auf den Feldweg, der in den
sacht ansteigenden Hügeln in einem Buchenwäldchen
verschwand. Er sagte: »Wenn dieser Zillich jetzt wieder-
kommt, dann gib gefälligst scharf mit mir acht, daß uns
der Kerl nicht noch durch die Lappen geht.«

Hänisch richtete seine lustigen Augen, die jünger waren als sein Gesicht und sein graues dünnes Haar, auf Volperts zusammengezogene Stirn. »Was hast du denn heute
noch vor?«

»Zuerst will ich rufen: ›Zillich!‹ Dann will ich ihn hier
herankommen lassen hinter den Zaun; er muß sich zwischen uns beide stellen. Dann will ich ihn ein paar Klei-
nigkeiten fragen. Dann kann es passieren, daß er wild
wird.«

Hänisch war klein und beweglich; sein Haar hätte wie
bei vielen anderen auch durch die Leiden der Jahre er-
graut sein können. Doch war er ein alter Mann, den seine
Gemütsart jung hielt. Er hatte in den letzten zehn Jahren
an eigenen und fremden Söhnen mehr erlebt als sonst
ganze Generationen. Er sah den Volpert spöttisch an; er
sagte: »Wenn dieser Mann wirklich der Zillich ist, von
dem du uns soviel erzählt hast, dann verstehe ich nicht,
warum du zuerst den verdammt sauren Stachelbeerwein
herunterschlucken mußt, um dir den Kerl vorzuknöp-
fen.« Volpert erwiderte: »Er hat mich gleich an jemand
erinnert. Wie mir richtig klargeworden ist, wie ähnlich er
einem sieht, der wahrscheinlich er selbst ist, da war er
schon unterwegs.«

Er zog die Brauen zusammen, er starrte gegen das Buchenwäldchen, hinter dem die Felder lagen, die zu der Gemeinde gehörten. Hänisch legte die Hand auf Volperts Arm; er sah jetzt auch einen Schatten, der sich im Gebüsch auf das Dorf zu bewegte.

Es war aber nur der Junge. Er klinkte seine Gartentür auf. Er sprach mit der Mutter; dann trat er, ein paar Stricke schlenkernd, vor den Wirtsgarten. Er sagte über den Zaun weg: »Sie können das Geld meiner Mutter bezahlen. Der Vater kommt jetzt noch nicht heim.«

»Dann muß ich gleich zu ihm hingehen«, sagte Volpert, »ich hab ohnedies was mit ihm zu besprechen.« – »Das hat jetzt keinen Zweck«, sagte der Junge, »der Vater ist jetzt sicher nicht mehr auf dem Feld. Er ist von der Arbeit weggeholt worden. Es gibt wo auf einem Neubau zu tun. Das wird gut bezahlt, sagt der Vater. Er hätte die Arbeit gar nicht bekommen, wenn er nicht sofort mitgegangen wär.«

Hänisch lachte auf. Der Junge sah ihn verwundert an; dann sah er in Volperts Gesicht, das auf einmal bleich war. Er merkte, wie Volpert und Hänisch Blicke tauschten. Volpert sagte rauh: »Komm du mal hierher.«

Der Junge sah zu dem Mann hinauf, der auf ihn heruntersah. Seine Augen waren braun, die Augen des Mannes waren grau. Einer sah in den Augen des andern statt Klarheit und Ruhe eine Menge unruhiger Fragen.

Der Junge zog seinen Blick vorsichtig weg aus den Augen des Fremden, die ihm doch keine Antwort gaben. Er zwirbelte an den Stricken in seiner Hand. Er war viel unruhiger und viel dünnhäutiger als die meisten Bauernjungen.

Hänisch riß ihm die Stricke weg. Er sagte: »Geh heim, Kleiner!« Er wandte sich an Volpert: »Ich werde zunächst mal die Frau bezahlen. Geh nur auf den Zug, ich steig dir nach.« Er fügte leise hinzu, weil der Junge sie immer noch verstohlen betrachtete, als fühle er, daß den

Fremden etwas Bedrohliches innewohne: »Wir werden in Zeißen das Nötige erledigen. Was willst du hier tun? Hier gibt es keine Post, keine Polizei. An wen willst du dich in dem Drecknest wenden? Vielleicht ist der Bürgermeister selbst sein Schwager oder sein Vetter.«

Er ging in Zillichs Haus. Er bezahlte der Frau, die überrascht und froh war. Dann kletterte er so geschwind den Bahndamm hinauf, daß er Volpert einholte. Man sicherte die Maschinenteile; man fuhr gegen Zeißen.

Das schwach gehügelte Land war hie und da rot gefleckt von einem Rest von Buchenwald. Es war von soviel Vierecken aus Kartoffel- und Kornäckern ausgescheckt wie die sorgfältig geflickte Schürze einer Bäuerin. Der Krieg schien so lange zurückzuliegen wie die Kriege, von denen die Dorfschullehrer erzählen. Die Erde war von den Bränden geheilt, nur der Rauch der kleinen Kartoffelfeuer verdampfte unter dem graublauen Nachmittagshimmel.

Frau Zillich versteckte daheim ihr Geld in der Schublade. Der unerwartete Verdienst kam ihr höchst zustatten. Falls Zillich wirklich auf Arbeit in die Stadt gemußt hatte, war es noch fraglich, ob er pünktlich zurückkam, und wenn, mit wieviel Kleingeld. Obwohl jetzt die Arbeit an ihr und dem Jungen hängenblieb – die drei Jüngsten waren noch nicht viel zu gebrauchen –, fühlte sie eher Erleichterung als Verdruß.

Zillich war zwar, seit er daheim war, unermüdlich hinter der Arbeit her. Er hatte plötzlich eines Abends, als alles drunter und drüber gegangen war, als man den Brand von Zeißen bis hierher hatte riechen können, als die fremden Truppen das Land wie die Heuschreckenschwärme verdunkelten und verknabberten, wie aus der Erde gewachsen in ihrem Garten gestanden. Er hatte das Land Tage und Nächte durchwandert, von Osten nach Westen, um endlich heimzukommen. Es hatte den Mann nach dem Dorf gezogen, das in verlassenen Hügeln an einem verlassenen Flüßchen lag, wie es das Kind nach dem Schoß der Mutter zurückzieht. Er hatte gleich los geschuftet mit zusammengebissenen Zähnen, als ob es ihn nach der erbärmlichsten Arbeit ziehe, die ihm früher verhaßt gewesen war. Er hatte sich immer vor jeder Arbeit gedrückt, gleich nach der Ehe, die sie nach dem Wunsch ihrer Väter geschlossen hatten. Er hatte immer im Wirtshaus gehangen in Raufereien und Stechereien. Was ihr noch viel weher getan hatte als die Prügel und Püffe, das war sein unablässiger Hohn: Sie sei ein gar widerwärtiges Weibsbild, gar schlampig und häßlich und blöd. So schlampig, so häßlich, so blöd war sie denn doch nicht gewesen, um den Hohn nicht zu verstehen. Als er das Braunhemd angezogen hatte und Schaftstiefel trug und einen ledernen Gürtel, war es insofern besser geworden, als die Raufereien im Dorf selbst nachließen, weil sich die Leute auf einmal duckten. Er fuhr jetzt auch öfters im Lastwagen nach Zeißen zu allerlei Unternehmungen, von denen er satt und müde heimkam.

Sie hatte sich halbtot geschuftet, als er eines Tages mir nichts, dir nichts abgefahren war, die Arbeit auf ihrem Buckel. Auf Befehl des Führers, wie er sagte, das sei ihre Pflicht genausogut wie seine. Er war dann fast immer weggeblieben, auf kurze Urlaube war er heimgekommen, der Friede war schon fast wie der Krieg gewesen. Er hatte ihr manchmal Geld geschickt, das hatte ihr über das Schlimmste geholfen, er hatte ihr später auch aus dem Feld Kleiderpakete geschickt und Essen und Schuhe für die Kinder. Sie hatte sich beinahe mit ihm ausgesöhnt, besonders, als er dann plötzlich aufgetaucht war. Der Mann war wie ausgewechselt gewesen, ganz fromm, ganz fleißig, ganz still. Er hatte nur manchmal den Hang gehabt, das Kleine zu kneifen oder ihr eine Fratze zu schneiden wie ein Narr oder stundenlang vor sich hin zu brüten; das war ihr besonders abends zuwider gewesen, allein in der Küche mit dem Mann, der vor sich hin stierte.

Es gab aber viele im Dorf, die sagten: »Der Zillich, der hat sich draußen die Hörner abgewetzt«, oder: »Der hat jetzt gelernt, wie man anpackt«, oder: »Du kannst froh sein, daß du deinen Mann noch hast.«

Sobald der Junge in das Buchenwäldchen eingebogen war mit den abzuliefernden Stricken und mit der Botschaft an die Mutter, verstaute der Zillich sein Werkzeug in das dazu vorgesehene Erdloch, er schlug den Feldweg quer in das Land ein längs der Hügel, indem er die Landstraße überquerte. Er duckte sich in ein Weidengebüsch, sobald er nach einer Weile den Zug auf dem Bahndamm pfeifen hörte. Der Fremde hätte ihn ohnedies kaum erkannt, ein Pünktchen auf der Ebene, selbst wenn er mit dem Feldstecher Umschau gehalten hätte. Zillich hatte keine genaue Erinnerung an den Mann; er war ihm nur verdächtig geworden, als er gestutzt und dann plötzlich übertrieben genau seine Bewegungen beobachtet hatte. Seitdem Zillich im Herbst 1937 zur Aufsicht in das Konzentrationslager Westhofen befohlen worden war, hatte er so viele Häftlinge in so vielen Lagern unter seiner Aufsicht gehabt, daß er sich unmöglich noch auf jeden einzelnen von den Tausenden hätte besinnen können. Die meisten waren tot; doch ohne Zweifel gab es noch viele im Land verstreut, die selbst den Krieg überlebt hatten. Darunter gab es bestimmt welche, die der Gedanke an Rache nicht schlafen ließ. Die erkannten den Frieden noch immer nicht an, nach dem die Menschen und Felder gelechzt hatten. Die konnten an nichts anderes mehr denken als an Haß und an Rache, nachdem die ganze Welt, halb erstickt von Blut, sich nach nichts mehr sehnte als nach Säen und Mähen, nach Ruhe und Stille unter dem stillen Himmel. Oder nach sonst einer Arbeit, die man ruhig besorgen konnte, ohne plötzlich aufgescheucht zu werden oder in einem fort argwöhnisch belauert oder abends zur Rechenschaft gezogen.

Wo sollte er jetzt mit sich hin? Er war glücklich gewesen, als er endlich daheim angelangt war, nachdem er an die tausend Kilometer hinter sich gebracht hatte, durch drei feindliche Armeen. Daheim war ihm Ruhe geworden. Kein Mensch konnte sich dort mehr erinnern, wo er all die Jahre gesteckt hatte. Kein Mensch besann sich mehr genau darauf, wem er wo einmal die Knochen zerschlagen hatte. Bis ihm heute morgen der Fremde in die Quere gekommen war. Den hatte er wohl zuletzt im Lager Piaski in Polen unter der Fuchtel gehabt; es dämmerte ihm.

Der Zug hatte längst die nächste Station verlassen, Zillich machte eine Wendung. Er schlug einen Landweg ein, abseits der Hauptstraße, der nach Weinheim führte. Er vermied mit eingefleischter Vorsicht ein paar ausländische Militärstreifen und ein paar einheimische Feldhüter. Nach der Ebene zu war ein Rand der Stadt aus feingegiebelten, stellenweise gezinnten Häusern so ansehnlich wie eine Kulisse vor einem Wust von Gerümpel und Trümmern und Gewimmel. Das Stadttor selbst, durch das Zillich einbog, war wohl erhalten, nur führte es in eine Stadt aus Asche. Die Schutthaufen, die von der Stadt nach dem Fluß hin übriggeblieben waren, hatte man mit der Zeit abtragen können, so daß das Stadtinnere eine Staubwolke ausfüllte über einem Baugrund, der schon zum Teil umgegraben war und an einzelnen Stellen von regelmäßigen Gräben durchzogen, in denen sich frisch das Grundwasser sammelte. Es gab auch ein paar luftige Straßenzüge aus dünnen Baracken, im Flug zusammengestellt, um im Flug wieder abgetragen zu werden, auf den unkenntlichen Resten der Grundmauern einer tausendjährigen Festung. Dorthin strömten viel Leute von der eben beendeten Schicht. Zillich schloß sich ihnen an. Es fanden sich welche, die bald, in Kameradschaftlichkeit geübt, seine unschlüssige Miene deuteten; sie luden ihn ein, die Nacht in ihrer Baracke zu schlafen.

Die meisten, die auf den Strohsäcken herumlungerten, waren in dieser Art Herberge, die sie in einem Rest von Drill für sich selbst errichtet hatten, auf den Heimwanderungen steckengeblieben, oder weil sie ohne Heime waren oder von einer Zufallsarbeit festgehalten. Zillich hatte sich auf dem Heimweg in allen möglichen vollgestopften Herbergen nach seinen vier Wänden gesehnt, jetzt, nach seiner Flucht, war er zum erstenmal ruhig in dem lang entbehrten warmen Geruch zusammengepferchter Menschen. Er war äußerst erschöpft. Er drehte das Gesicht auf den Arm seines Nebenmannes; er schlief ein. Der Schlaf brachte ihm aber keine tiefere Ruhe, sondern Unrast und Beklemmung. Er spürte traumlos oder in einem uferlosen, gestaltlosen Traum die Drohung in allen Fasern; er spürte den Tod allgegenwärtig, allmächtig und allwissend zugleich, als ob er ihm folge und als ob er ihn verfolge. Er riß ihn am Haar, der Tod, er brannte ihn im Herzen, er kitzelte ihn an den Fersen, er surrte in dem dünnen Gemurmel im Rücken. Zillich wollte rasen vor Wut, der Störung ein Ende machen. Er brüllte: Ruhe! Er befahl: Raus! und: Wird's bald! und: Marsch, marsch! Man klopfte ihn und beschwichtigte ihn, sein Nebenmann weckte ihn gutmütig auf. »Beruhige dich doch, gib nur Frieden.« Er war wahrscheinlich aus eigenem und fremdem Schlaf an Fieberträume gewöhnt. Zillich dachte nach: Ja, Friede, wenn das so einfach wär! Wenn man ihn nur gegönnt bekam!

Er hatte sich gleich einem Tier, das sich leblos stellt, um nicht abzustechen, so flach wie möglich auf seinem Strohsack gemacht. Im Aufwachen war er hochgefahren. Er wischte sich übers Gesicht, sein Haar war naß vor Schweiß. Er hörte in seinem Rücken ein Gesurr von Stimmen, die sich störend bemühten, ganz leise zu flüstern; daß ihm nicht gehorcht worden war, verdroß ihn, obgleich er nur träumend Ruhe befohlen hatte. Er horchte, als sei er einem Komplott auf der Spur, das nur im Dunkeln ausgeheckt werden kann: Der Turm der Johanniskirche sei eingestürzt, das Dach sei futsch, man habe den Kreuzgang zugedeckt und ein Arbeitsamt darin eingerichtet, angeblich käme jetzt bald ein Beschluß von der Besatzungsbehörde, man müsse sich eintragen lassen, woher, wohin. Man könnte sicher sein, die Menschen brächten nichts schneller zuwege als irgendein Amt, wenn auch ihre Heime zerplatzt seien, sie fühlten sich immerhin einigermaßen beheimatet auf einem Papier, und eine Linie auf einer Liste, das sei ihnen schon wie ein Dach überm Kopf. Zillich hörte unbehaglich zu, er war versehentlich aufgestützt, auf einmal rief jemand, der sich gerade entkleidete: »Ei, Zillich, bist du's denn wirklich?«

Er streckte sich flugs; es war schon zu spät; der Neue kauerte sich zu ihm hin. Er hatte ein fransiges Bärtchen, es sah sogar jetzt im Dunkeln gezwirbelt und rettichhaftfransig aus. »Erkennst du mich denn immer noch nicht? Ich bin doch der Anton.« Zillich erkannte ihn, er sah ihn starr an, als ob er ihn zwingen könnte, sich zu verflüchtigen. Anton war der an Sohnes Statt angenommene Neffe des Müllers. »Daß du nicht daheim bist«, sagte der Rettich. »Mit mir ist das ganz was anderes. Die Mühle ist verbrannt. Die Tante hat der Schlag gerührt, wo der Onkel ist, weiß ich nicht. Dich braucht man aber daheim an allen Ecken und Enden.« Zillich sagte kurz: »Ich will was verdienen.« – »Das ist auch wahr«, gab sich der Anton zufrieden. »Man hat keinen Pfennig für einen Zwirnsfaden oder für einen Nagel. Daß du mich nicht wiedererkannt hast, ich hätte dich unter Millionen herausgefunden. Weißt du noch, bei unserem letzten Urlaub, die Dreschmaschine ist reihum vermietet worden, da hast du mir den Vorrang gelassen, weil gerade mein Urlaub zu Ende ging. Das nennt man anständig. Ich werde dir das nie vergessen.« Da Zillich nichts sagte, suchte er mit vergnügtem »Bis morgen« seinen Schlafplatz auf.

Doch Zillich war sich schon klar, daß hier seines Blei-

bens nicht länger sein konnte. Er war viel zu nah von daheim.

Er schlupfte, mit allen Schlichen vertraut, durch die er
auf seiner Heimflucht aus dem zusammengebrochenen
Krieg der Gefangenschaft oft entgangen war, durch die
Patrouillen, die die nächtliche Stadt umkreisten. Er wan-
derte in der Morgendämmerung auf der Landstraße gegen Braunsfeld, von dem er nur wußte, daß es lag, wo die
Sonne untergehen würde, die, entschiedener als er selbst,
zu derselben Reise aufbrach, um Gute und Böse zu be-
scheinen. Die Sterne fielen vom Himmel ab; hier und da
schimmerte noch ein Licht auf dem Fluß oder schon eins
in einem Dorf, wo jemand hoffte, durch frühen Anfang
eine Arbeit zu bewältigen, der kein Tag und keine Kraft
gewachsen war. Er kam durch ein Dorf, in dem ihn eine
uralte, närrische Frau, nach ihrer Gewohnheit früh auf,
als hätte sie gar nicht gemerkt, daß sie längst in dem Hof
allein war, von der Schwelle mit einem vergnügten »Heil
Hitler« begrüßte, weil sie nicht wußte, daß es längst keinen Hitler mehr gab. Er kam durch Korn, das erstickt in
nutzloser Fülle für sich allein blühte und duftete. Er kam
durch Kartoffeläcker, in denen eine Familie mit einer Erbitterung hackte, als sei der erste Schöpfungstag angebro-
chen; in dem sich just dieser Acker als bestes Land abge-
sondert hätte. Er sah aus dem Tal ein Männlein auf einem
Feldweg gegen die Landstraße steigen, so langsam, daß er
mit dem Zillich noch an der Kreuzung zusammenstieß.
Das Männlein sah schmierig aus, als hätte es seit dem
Waffenstillstand nirgends ein Wasser gefunden, sich ab-
zuwaschen. Es trug eine lange, gestrickte Frauenjacke, in
die sein geschmeidiger, biegsamer Oberkörper hineinge-
knöpft war. Es trug eine gelbe Aster im Knopfloch.

Es drehte sich gegen Zillich um, als ob es ihn just erwartet hätte. Es sagte mit schlauen, blanken Augen: »Wohin denn so schnell, Kamerad?« Zillich erwiderte: »Nach
Braunsfeld.« – »Was sich die Menschen bloß immer noch

freiwillig für Strapazen aussuchen. Was willst du denn dort?« – »Zur Arbeit. Auf den Bau.«

»Da kommst du vorher an einem großen Sandbruch vorbei. Da kommen wir beide auch unter. Man braucht den Sand auf dem anderen Ufer in der Mammolsheimer Zementfabrik. Die haben sie wieder in Betrieb.« – »Glaubst du, man wird mich auch in dem Sandbruch brauchen?« – »Natürlich, die sind dort für jeden froh.«

Der Kleine schlenderte ganz gemächlich. Doch Zillich hatte jetzt auch keine Eile mehr. Er war vielleicht in dem abgelegenen Sandbruch sicherer. »Na, siehst du«, sagte das Männlein, das seine Gedanken erriet. »Wozu bis Braunsfeld? Wozu die überflüssigen Strapazen?« Es pfiff; das waren uralte, lustige Schlager, die den Krieg überdauert hatten und die Zeiten vor dem Krieg und den Anfang aller Zeiten. Es pfiff aber auch solche Märsche und Schlager, so neue, so junge, daß es Zillich den Rücken herunterlief; es brach auch nicht ab, als aus dem nächsten Dorf eine khakifarbige, marschmäßig gerüstete Abteilung Amerikaner heranrückte. Es ließ sich nicht aus dem Takt bringen, es machte ihm Spaß, daß keins sein Gepfiff erkannte, seine Augen funkelten. Es fing erst mit »Puppchen« zu pfeifen an, als es mit dem »Judenblut« fertig war.

Zillich war froh, als sie glatt vorbei waren. Er hatte gar keine Lust mehr nach Scherereien. Er hatte gar keine Sehnsucht, für etwas Zeugnis abzulegen, was in die Brüche gegangen war. Er hatte nur Sehnsucht nach Frieden und Ruhe. Was ist denn das für ein Vogel, dachte das Männlein, ich krieg schon raus, auf welchen Pfiff der fliegt. Er pfiff jetzt »Brüder, zur Sonne, zur Freiheit«. Zillich schwieg. Er dachte: Was ist denn das für ein Vogel? Das Männlein pfiff dann vergnügt das Horst-Wessel-Lied. Zwei Buben kamen, mit Holz beladen, vorüber, die drehten sich um und lachten. Sie kamen an einer Dampfwalze vorbei, an der ein paar Arbeiter murksten; jetzt pfiff das Männlein die Internationale. Ein Arbeiter rief von der Walze herunter: »Rot Front!« Das ist ja mal einer, dachte Zillich. Es war ihm nicht geheuer. Er sagte: »Wie heißt du denn?« – »Ich? Peter Niemand.« Zillich sah den Kleinen verdutzt an. Vielleicht war es Spaß, vielleicht Ernst, vielleicht gab es wirklich jemand, der Niemand hieß. Der Tag war inzwischen licht geworden. Das Dorf, durch das sie jetzt kamen, war glockenwach. Der Hans daheim hat hoffentlich meine Hacke im Erdloch gefunden, dachte Zillich. Dann dachte er nicht mehr an daheim, so wie er auch vorher nicht daran gedacht hatte; so wenig wie an ein Quartier, aus dem er verlegt worden war.

Das Männlein sagte: »Daß die das Gras vom Kirchplatz nicht rupfen, daß so was nicht angeordnet wird.« – »Wir hätten so was längst angeordnet.« Das Männlein dachte: Na endlich, jetzt habe ich dich. Es sagte: »Ja, freilich, wenn wir gesiegt hätten, uih. In der Ukraine, in einem Dorf, wie wir damals gesiegt haben –« Zillich schwieg. Er dachte: Gott weiß, was das für ein Satan ist. Mit seiner gelben Aster! Das Männlein fragte: »Du kommst aus dem Osten, nicht wahr?« Zillich erschrak. »Ich? Nee, nee, nee. Ich komme von der Maas.« – »Wie komisch«, sagte das Männlein, »daß du den Umweg nach Braunsfeld machst. Wie heißt du denn?« Zillich log schnell: »Schulze.« – »Nee, so was«, sagte das Männlein, »das ist ja überaus merkwürdig.« Zillich sagte erschrocken: »Was soll denn daran merkwürdig sein, daß jemand Schulze heißt? Es gibt doch viele Schulzes in Deutschland.« – »Na eben, daß ausgerechnet auch du so heißt. Ich hab zum Beispiel mal jemand gekannt, der hieß Karfunkelstein.« – »Das war doch höchstens ein Jud. Die gibt's ja kaum mehr.« Das Männlein sagte: »Doch, doch, es gibt wieder welche. Hast du was dagegen?«

Zillich fiel es ein, wie viele er aufgehängt hatte, wieder abgeknüpft, wieder aufgehängt. Besonders im Lager von Piaski hatte ihm so was Spaß gemacht. Er sagte: »Doch sonderbar, daß es immer noch welche gibt.« Das Männlein sagte: »Warum? Als man nach der Sintflut die Arche wieder aufgemacht hat, da ist gleich auch wieder ein Jud herausgesprungen.« – »Wer denn?« – »Noah.«

Sie kamen durch das Land, das lila glänzte von Tausenden von Kohlköpfen. Zillich sagte: »Hier sind sie schon weit.« – »Hier war überhaupt gar kein Krieg.«

Sie stiegen sacht an. Das Männlein, das vielleicht Niemand hieß, bog einen Seitenweg ein, der führte sie über die Hügel in ein Buchengehölz. Dann kamen junge, niedrige Fichten; eine Schonung, die der Krieg nicht gestört, nur etwas verwildert hatte. Es roch gar gut; das Männlein blähte die Nasenlöcher. Auf einmal blieb es stehen. Es drehte sich um, Zillich erschrak. »Was gibt's denn?« – »Nichts, guck mal den Fluß.« Das war noch immer derselbe Fluß wie daheim, das schmale, schimmernde Band. Das ließ einen Menschen nie locker. »Da drüben liegt die Zementfabrik«, sagte das Männlein. »Da unten liegt unser Sandbruch.«


Der Ingenieur Volpert hatte inzwischen das Amt aufgesucht, in dem die alliierten Offiziere und die Beamten saßen, die für seine Nachforschung zuständig waren. Seine Aussage wurde zur Kenntnis genommen. Alle zur Nachforschung nötigen Angaben wurden genau vermerkt.

Als Volpert nachts im Konzentrationslager auf der Pritsche gelegen hatte, zu Tode erschöpft, aber vor Qualen schlaflos, hatte er sich nicht träumen lassen, wohin seine Leiden noch münden sollten: in das Stenogramm eines Aktenbogens. Man stellte ihm die Benachrichtigung in Aussicht, sobald der Gesuchte gefaßt sei. Er starrte dem Zillich nach, wie er ihn zuletzt morgens in seinem Bauernhof erblickt hatte und vor gut einem Jahr breitbeinig, im Braunhemd, die Vogelaugen genau und gleichgültig auf dem verquälten Gesicht des Gefangenen; und jetzt unterwegs auf einer Landstraße oder in einer Kneipe oder im Staub einer Arbeitsstelle, einer unter vielen, unbehelligt, kahl, ohne Kainszeichen.

Ein junger Offizier, der schon längst nach einem anderen Schriftstück auf seinem Pult gegriffen hatte, hob den Kopf, weil er vielleicht das Zuschlagen der Tür vermißte. Etwas in Volperts Gesicht hielt seinen Blick. Er sagte: »Beunruhigen Sie sich nicht. Wir haben jeden gefunden. Göring, Ley, Himmler. Keiner ist entgangen.«

Volpert stand auf; er ging. Er fühlte über dem Herzen eine Trauer, kühl und unfaßbar, wie Reif. Er hatte einstmals geglaubt, er brauchte nur wieder frei zu sein, um froh zu werden, gedankenlos froh wie ein Kind. Er sah jetzt ein, die Freude war weg wie die Kindheit, endgültig und unwiederbringlich. Nicht bloß sein Herz war bereift, jeder seiner Gedanken, jede Freundschaft, jede Liebschaft; die Erde des Landes, auf der er ging, war bereift, die warme Herbsterde, das Werkzeug, das er künftig zur Hand nehmen, das Brot, das er essen würde, jeder Krümel, jede Faser in dem Land – bereift. Das Blut wird trocknen, aber der Reif, der das junge Kraut wie ein Frost verbrennt, hatte selbst das lebendige Mark versehrt. Die Amerikaner hinter den Pulten nahmen ihn, den Volpert, für einen Mann mit einem rasenden Rachedurst, der letzten Endes durch ihre Maßnahmen zu stillen war, wie jede Art Durst. Selbst wenn sie den Zillich morgen finden, das Böse war dadurch noch nicht gefangen, wovon der Zillich ein Auswuchs war, der Reif ging davon nicht weg, so wenig das Kraut wieder blüht, das der Frost versehrt hat, die Trauer in seinem Herzen war unstillbar, er würde dadurch nicht froher.

»O doch, viel froher«, sagte der Hänisch, mit dem er jetzt manchmal zusammen auf dem Bahndamm in einem Waggon übernachtete. »Du mußt dich natürlich freuen, wenn man den Lumpen aufhängt. Am besten mit den Füßen nach oben. Wer freut sich denn nicht, wenn eine Ratte erledigt wird. Natürlich, das Böse schlechthin wird dadurch noch nicht erledigt, du kannst ja den Satan selbst nicht erledigen. Man müßte zuerst die alte häßliche Welt ganz erledigen. Ich wäre vorerst schon froh, sie hätten den Zillich beim Schlafittchen.«

Der Sandbruch lag eine gute Stunde hinter dem Fluß. Man hatte längst Schienen zum Ufer gelegt, auf denen die Loren von der Baggermaschine zum Ponton rollten. Die steinernen Stufen zu dem zwecklosen Brückenkopf der ehemaligen Brücke, die man im Krieg gesprengt hatte, staken mit einem Mauerrest abseits im Ufer, als lüden sie Menschen ein, die über das Wasser gehen können.

Zillich war einer Gruppe von zwölf Männern zugeteilt worden. Er arbeitete verbissen und schweigend. Wenn die Schicht zu Ende war, strolchten die Arbeiter ins Dorf, oder sie tratschten zusammen auf den steinernen Stufen des brückenlosen Brückenkopfes. Zillich verschlang allein die Ration, die ihm zustand. Dann legte er sich in die Baracke und schlief sofort fest ein. Er war jeden Abend todmüde, als hätte er gerade seine Flucht von Osten nach Westen beendet. Seine Arbeitskameraden ließen ihn bald in Frieden. Er galt als Kauz, wie es allerorts viele Arten Käuze in diesen Zeiten gab. Der Vorarbeiter seiner Kolonne war höchst zufrieden, weil Zillich ihnen durch seine Beharrlichkeit einen Vorsprung verschaffte.

Das einzige, was an Zillich auffiel, war eine unstillbare Schlafgier. Der Aufseher lachte, ein solcher Mann müsse wirklich ein gutes Gewissen haben, denn das sei bekanntlich das beste Ruhekissen. Zuerst hatte Zillich Angst, er könnte sich einmal durch Träume verraten. Doch seit jener Nacht in Zeißen war es Schluß mit den Träumen. Er träumte höchstens einmal von tagtäglichen Dingen, von einer Sandmulde, die wieder einbröckelte, von einem Kippwagen, den man nicht schnell genug belud. Am wohlsten war ihm, wenn er frühabends den Schlafraum betrat. Die Baracke war still und leer. Er ärgerte sich noch höchstens über ein paar Pritschen, die nicht ordentlich genug zugedeckt waren. Er dachte auch flüchtig einmal, die Säumigen müßten strafexerzieren, bis sie umfielen, sie müßten danach ihre Schlafstellen zehn-, zwölfmal auf- und zudecken, dann auf dem Boden, möglichst in einer aufgeschütteten Pfütze, neben den Schlafstellen schlafen, wobei er bemerken könnte, sie brächten dadurch ihr schönes Machwerk nicht wieder in Unordnung. Dann fiel ihm nach einem kurzen Anflug von Wut klar ein, daß er sich selbst nicht mehr zu quälen brauchte, es ging ihn nichts an, wie hier in der Baracke gedeckt war, er brauchte sich nicht mehr darüber aufzuregen.

Er saß eines Abends auf seiner flachen Pritsche, so daß er nicht einmal durch das Fenster sehen konnte. Das war ihm am liebsten: allein sein in dem großen, leeren Raum. Er wusch bedächtig seine Füße; er rieb jede Zehe. Auf einmal rief jemand hinter ihm: »Guten Abend, Schulze!« Im Türrahmen, in der Dämmerung so verschwommen, daß Zillich ihn nicht sofort erkannte, stand jenes Männlein, das er dicht hinter Weinheim auf der Landstraße getroffen hatte. In seinem Knopfloch stak keine Aster, sondern eine Butterblume. Den Zillich verdroß es, daß er jetzt die zwei letzten Zehen nicht ebenso gründlich putzen mochte wie die übrigen acht. Das Männlein kam näher und sagte: »Ich habe dich ganz aus den Augen verloren in diesem verdammten Sandbruch. Man hat mich in die letzte Baracke drunten am Fluß verlegt. Es hat mich gelöchert, wie es dir hier gefällt. Ich habe dich ja sozusagen hierhergebracht.« Zillich erwiderte, die Füße im lauwarmen Wasser: »Vielen Dank, es gefällt mir nicht schlecht.«

»Ich habe dich abends überall gesucht, in der Kantine, im Dorf, im Wald. Bis jemand mir sagte: ›Bei uns ist einer in der Equipe, der legt sich abends sofort ins Bett; er schläft wie ein Murmeltier.‹« Bei dieser Auskunft fühlte Zillich ein leichtes Unbehagen, vielleicht nur, weil er durch irgend etwas auffiel. Er wünschte sich seinen Besucher möglichst schnell weg. Er schwieg. Der andere sagte: »Am meisten fällt man doch auf, wenn man nachts daheim bleibt. Die Leute, die sich herumtreiben, können überall stecken. Wer daheim bleibt, der steckt immer an einem Ort: im Bett.« Zillich trocknete seine Füße. Er hatte ein Paar Socken bereit, die wusch er flink im selben Wasser. Dann goß er die Schmutzbrühe durch das Fenster. »Daß du sogar Socken hast«, sagte das Männlein. »Ich? Für sonntags.« – »Was machst du denn sonntags?« – »Was geht denn dich das an?« – »Mich? Überhaupt nichts. Ich will ja dein Sonntagsvergnügen nicht stören. Ich kann überhaupt gleich gehen.« Das soll er nicht, dachte Zillich. Er soll nicht verärgert von mir weg. Er sagte: »So war das ja gar nicht gemeint. Bleib doch, lieber Niemand.« Das Männlein lachte. »Du hast aber mal ein gutes Gedächtnis. Ich heiße natürlich hier mit meinem richtigen Namen, ich heiße Freitag.« – »Warum hast du mir denn gesagt, du heißt Niemand?« – »Das ist doch genierlich, Freitag zu heißen. Das ist doch ein Unglückstag. Peter Freitag. – Wir haben uns noch dazu an einem Freitag getroffen. Da hättest du sicher nicht mehr mit mir weitergehen wollen.« »So?« sagte Zillich erschrocken. »War das ein Freitag?« – »Ein Freitag«, bestätigte Peter Freitag belustigt. Zu Zillichs Ärger zog er die Stiefel auf die Decke. Er machte sich's bequem und schwatzte: »Sag mal, ist aus deiner Equipe noch keiner durchgewitscht? Aus unserer gleich zwei. Es kam ein Beamter aus der Stadt, der ging mit dem Aufseher alle Listen durch. Sie haben nach einer Menge Namen gestöbert. Das haben die zwei gar nicht abgewartet.« Er weidete sich an Zillichs erschrockenem Gesicht. »Der eine war mir gleich aufgefallen. Er hat sich gar zu dumm angestellt beim Verladen. Ich hab mir gleich gedacht, das muß ein piekfeiner Herr sein. Der schindet sich nicht zum Spaß. Und wie er sich dann verfärbt hat, wie der Beamte eingetrudelt kam, da hab ich mir weiter ge-

dacht: Jetzt ist's raus.« Zillich war froh, daß es schon so
dunkel war, daß man sein Gesicht nicht erkennen konnte.
Er fragte: »Wer kann denn das gewesen sein?«

»Sie sagen, er sei ein gewisser Retzlow gewesen; der
Kommandant von so einem Todeslager oder wie man das
Ding jetzt nennt. Die Brüder werden ja sicher noch alle
gehängt.« Er sah den Zillich sonderbar an, die Zunge in
Gaumen, die Augen lustig. Und Zillich dachte: Der Kommandant unseres Lagers hieß Sommerfeldt. Der hätte sich
sicher auch dumm angestellt beim Säckeverladen. Ein
Bauer, wie ich einer bin, das ist ganz etwas anderes. Das
hat schon von klein auf schleppen müssen. Er fragte:
»Wer war denn der andere?« – »Stell dir vor«, sagte Freitag, »der hieß genauso wie du.«

Da wurde dem Zillich kalt. Es kam ihm auch vor, der
Niemand, der plötzlich Freitag hieß, beobachtete ihn
durch das Dunkel. »Ich habe ja gleich etwas Merkwürdi-
ges daran gefunden«, sagte Freitag, »daß du ausgerechnet
auch Schulze heißt.« – »Was kann denn ich dazu?« – »Du?
Aber wirklich nicht das geringste.« Er fügte hinzu, als ob
er ihn ernstlich trösten wollte: »Meiner Meinung nach
kann überhaupt kein Mensch was zu was. Alles ist Schicksal. Findest du nicht?« Zillich sagte eifrig: »Ja, natürlich.«

Er schlief in der Nacht nicht so schnell wie sonst ein. Er
stellte sich schlafend. Er sagte sich, daß die beiden Flüchtlinge ihm einen großen Gefallen getan hätten. Sie hatten
allen Verdacht auf sich geladen; besonders der zweite, der
Schulze hieß.

Es zeigte sich bald, wie richtig es war, daß er sich durch
nichts auffällig gemacht hatte. Der Aufseher machte ihn
bei der nächsten Umstellung zum Vordermann der
Equipe. Jetzt hatte Zillich Verantwortung für elf Burschen, die früher teilweise seine Arbeitskollegen gewesen
waren. Sie hatten allein zusammen abwechselnd Sand aus
der Mulde zu graben, zu sieben, aufzuladen.

Die ganze Equipe hatte vordem wahrscheinlich nur dadurch mit anderen Equipen Schritt gehalten, daß Zillich sie immer in seiner Ausdauer und unnachgiebigen Zähigkeit angespornt hatte. Er hatte manchmal drei Schaufeln gemacht, bis sein Nebenmann eine gemacht hatte. Er hatte immer dazu geschwiegen, um ja durch gar nichts aufzufallen. Jetzt würde er nicht mehr einspringen können; die Kolonne würde kein Tempo mehr halten; der Aufseher würde ihn zur Rechenschaft ziehen.

Die Arbeitskollegen lachten zuerst, weil Zillich scharf antrieb. »Was ist denn plötzlich in dich gefahren, Schulze? Kriegst du denn plötzlich pro Sandkorn bezahlt?«

Sie hörten aber zu lachen auf, als Zillich sich immer strammer anließ. Er hatte es ganz besonders auf einen gewissen Hagedorn abgesehen, der vordem sein Nebenmann gewesen war und den er jetzt von morgens bis abends bei einem Versäumnis nach dem anderen ertappte. Er wandte sich geradezu an den Aufseher, der Hagedorn brächte noch die ganze Kolonne in Rückstand; ihm sei überhaupt die Flauheit des Burschen von der ersten Stunde an aufgefallen, die ganze Kolonne sei überhaupt flau, sie sei gewiß bald die schwächste; sie könnte aber noch aufholen, wenn man den Hagedorn an die Luft setzte. Er dachte: Dir werde ich's jetzt schon stecken, Hagedorn. Er schmeckte den lang entbehrten Geschmack der Macht, nicht stark, nicht über Leben und Tod, nicht über Leib und Seele, nur ein ganz klein bißchen.

Der Aufseher war ein ruhiger, gutartiger Mensch. Er hörte Zillichs Beschwerden im Innern belustigt an, er wimmelte ihn ab. Die Arbeiter der Kolonne drängten ihn aber mehr und mehr, ihnen den Zillich vom Hals zu schaffen. Er hörte zuerst gleichfalls belustigt, zuletzt aber kopfschüttelnd ihre Klagen an. Als Zillich abermals bei ihm drängte, den Hagedorn an die Luft zu setzen, stand sein Entschluß fest: Er schickte den Zillich bei der nächsten Umstellung der Belegschaft in eine neugeformte Kolonne, wo seine Arbeitsstelle in einer neuen Mulde lag und auch sein Schlafplatz in einer neuen Baracke hinter dem Sandbruch.

Zillich trat dumpf und verständnislos an diesen Platz. Das Gerücht verfolgte ihn, daß mit ihm nicht gut Kirschen essen sei. Er ertrug zuerst schweigend allerhand Witze, denen man anmerkte, wo sie entsprungen waren. Er arbeitete eine Zeitlang wie vordem, verbissen, zäh, schweigend. Als ihn aber einmal sein Nebenmann ärgerte, weil der sich zur Unzeit eine Zigarette ansteckte, als nach Zillichs Meinung der Moment dagewesen wäre, besonders fest anzupacken, wurde durch sein Geknurr nicht nur der Nebenmann selbst, sondern die ganze Belegschaft der Mulde aufgebracht. Das Gestichel fand jetzt kein Ende mehr.

Zillich sah ein, daß er nicht mehr länger in Frieden in dem Sandbruch arbeiten konnte. Er schnürte sein Bündel; man würde ihn auch hier wieder nicht mehr in Ruhe lassen. Er war hier auffällig geworden, statt verborgen zu bleiben. Alles ist Schicksal, hatte der Peter Niemand gesagt, der plötzlich Freitag geheißen hatte. Ohne ihn noch einmal zu sehen, zog er gedankenlos und bedrückt davon in Richtung von Braunsfeld.

Da die Fahndung solange ergebnislos geblieben war, hatte sich Volpert an die Behörden in Braunsfeld gewandt. Er fand in dem zuständigen Beamten einen viel weniger beamtenhaften, viel weniger von dem Amtsgetriebe zerfressenen Menschen als in den kleineren Beamten, bei denen er bisher vorstellig geworden war. Der Braunsfelder Offizier sah und hörte sich Volpert aufmerksam an. Er fragte nach soviel Einzelheiten, als sei der gesuchte Zillich einzig in seiner Art. Er brachte durch seine Fragen vergessene Erinnerungen aus dem Volpert heraus, so daß daraus neue Einzelheiten wurden, die er an alle zuständigen Stellen in dem ihm unterstellten Gebiet weiterleitete.

Zillich war nicht sehr weit von den beiden entfernt in einer Vorstadtstraße von Braunsfeld. Der äußere Ring hatte sich einstmals locker und bunt um den gewichtigen uralten Kern der Stadt gelegt. Im Krieg war der Stadtkern selbst zerstäubt, doch rundherum war der neue gartenbesetzte Ring geblieben. Man hätte, wenn man rundum ging, glauben können, mit dieser Stadt Braunsfeld sei nichts Schlimmes geschehen; da viele in ihre Häuser zurückgekehrt waren, sah man schon frische Vorhänge, man sah Frauen, die Gartensträucher beschnitten. Doch Zillich drang in die Staubwolke ein, die jetzt in dem Herzen der Stadt war. Er kam an einen riesigen Platz, in dem Kolonnen von Arbeitern gruben und baggerten in dem Schutt von tausend Jahren. Aus den Resten verschiedener Stadtteile strebten etliche Menschen auf den turmlosen Rumpf einer Kirche zu, aus der das Ewige Licht aus den hohlen Spitzbögen und aus ein paar roten und grünen Scherben glänzte. Die Kirchgänger hatten alle in ihren Gesichtern eine stumpfe Ratlosigkeit, als suchten sie Reste von ihrem alten Glauben in den Resten ihrer alten Kirche. Die eingestürzten Glocken hatten sich bei der Kirche ihre eigenen Gräber gegraben, und die zwei Türme, die einst das Wahrzeichen der Stadt gewesen waren, lagen in Schutt und Asche. Um einen ungeheuren Granattrichter, mitten auf dem Trümmerfeld, war ein Geländer aus Brettern gelegt, als ob man verhindern wollte, daß jetzt noch im Frieden Lebende hineinstürzten. Er war noch nicht aufgefüllt, aber ausgeräumt. Zillich sah, mit dem Rücken zum Platz, gebannt hinunter; in der Erde steckten die geknickten Grundpfähle, die zu dem Fundament der Kirche gehörten.

»So spring doch, mein Sohn«, sagte hinter ihm eine Stimme. Er fuhr erschrocken herum. Er sah in das leichenhafte Gesicht eines uralten Mannes, in dem nur zwei Augen glühten, wie Lichter, die man in Kürbisse steckte. Ein leichtes Zittern fiel wie ein milder Wind durch alle

Knochen des Greises. Sein Anblick war dem Zillich zuwider, er fragte verwirrt: »Warum denn?« – »Man sagt
doch, daß sich der Abgrund schließt, wenn man ein Opfer hineinwirft.« Er war in seiner Greisenhaftigkeit darauf aus, jeden seiner Gedanken an den Mann zu bringen,
der ihm gerade in den Weg kam. Die Lichtlein in seinen
Augenhöhlen glühten in Zillichs Gesicht, das verständnislos grämlich blieb. Er schlürfte auf seinen zwei Krük-
ken in den Abend, der kühl und einsam war wie das
Grab, das er nahen fühlte, nachdem er den Krieg mit eini-
gen Mauern der Stadt überlebt hatte. Er tauchte im Kirchentor unter. Zillich sah ihm ärgerlich nach.

Es war ihm nicht geheuer. Warum war er nicht im
Sandbruch geblieben? Warum hatte er sich vertreiben lassen von dem dummen Gestichel von ein paar dummen
Strolchen? Er war dort ruhig und sicher gewesen. Der
Sandbruch war ein Loch unter dem Himmel, ein Schlupfwinkel auf der Erde. Man fand einen, oder man fand einen nicht. Er hatte dort unverdächtig trotz des Gespöttes
gelebt. Die Stadt Braunsfeld war groß. Es gab hier Nester
und Höhlen in Fülle. Es gab aber auch ein Netz von Spä-
hern; ein jeder Schlupfwinkel lag in einer Masche des
Netzes, das brauchte man nur eng zuzuziehen. Patrouillen gingen die Straßen ab, und Aufrufe hetzten die ganze
Bevölkerung, nach seinesgleichen zu suchen.

Er wußte am besten, daß niemand in einer großen Stadt
einer klugen Fahndung entgehen kann. Sie waren noch
immer der schlauesten Juden habhaft geworden und der
gerissensten Roten. Sie hatten mit Geld geschmiert, wenn
die Anzeiger zögerten. Wo Geld nichts nutzte, mit Angst.
Kein Mensch auf Erden stirbt gern, besonders für einen
Wildfremden, seinen lieben Nächsten. Wie sollte er diese
Nacht ein Dach über dem Kopf finden?

Er folgte dem Weg, den ihm der Greis gezeigt hatte.
Man hörte schon aus dem zerfallenen Kirchenschiff den
Chor, der über das Trümmerfeld summte, befremdlich,

wie der Gesang von verstorbenen Seelen von einer unirdisch leichten, unverzehrbaren Süßigkeit. Das Kirchentor war nicht verschlossen. Der Abendwind durch die zerbrochenen Fenster zauste an den Kerzen. Die Menschen sangen mit gesenkten Gesichtern, verwundert über den Klang, der immer noch nicht in ihren Kehlen erstickt war. Man rückte für den Zillich auseinander. Er hätte gewünscht, daß das Lied nie ende, weil derweil sich niemand um ihn kümmerte. Er war beruhigt, daß der Pfarrer die Blicke nach vorn zog. Sie glaubten vielleicht nicht jedem Wort, das jetzt von dem kleinen hutzeligen Mann auf der Kanzel herunterkam; sie waren nicht ruhig in einem starken Glauben; sie fühlten sich nur viel ruhiger um den alten Mann herum, der fest an etwas glaubte. Er kündigte mit seiner harten und dünnen Stimme die Gerechtigkeit an; was die Menschen nie satt werden zu hören, daß die Ersten die Letzten und die Letzten die Ersten werden. Als Zillich nach rechts und nach links luchste, fiel ihm der Greis in die Augen, der jetzt wie Espenlaub zitterte. Der hat gewiß etwas ausgefressen, dachte Zillich, mach fort, du Alter da oben, damit die Leute nach vorn sehen. Er war zufrieden mit seinen ruhigen, übereinandergestülpten Fäusten, die mit kurzen, rötlichen Härchen bedeckt waren, unbeweglich wie Filz. Ein altes Weib, das neben ihm saß, mit unordentlichem, gleichsam verrostetem Knoten, wie die Rothaarigen weiß werden, sah fahrig hin und her, in einem fort an ihrem Tuch zupfend. – Gott aber, der in die Herzen sieht, fuhr auf der Kanzel die Stimme fort, die dünn und hart war wie eine Schneide, wüßte ganz genau, wo sich noch ein Schurke versteckt halte, wie sicher auch sein Versteck sei; er wisse genau, wer je einmal oder immerzu bei einer Schurkerei, gar bei einem Mord, geschwiegen habe, aus Angst und aus Feigheit, statt für seinen Glauben zu zeugen! Gerade diejenigen, die sich jetzt nicht genug daran tun könnten, die Schuldigen aufzustöbern und anzuzeigen, obwohl sie geschwiegen hätten; als kein Lohn auf der Anzeige stand; vor allem aber auch die, die nach Leid und Gefangenschaft ihren Haß nicht bezähmen könnten und sich nicht geduldeten, bis jeder Schuldige gefangen sei, sollten eins nicht vergessen: »Für ihn dort oben gibt es nur eine einzige Wiedergutmachung, sie heißt Reue.«

Die vor Erschöpfung schon brüchige, aber bis zuletzt schneidende Stimme erstarb. Das Abendlicht stand über der geduckten Gemeinde in Streifen von reinem Rosa, das unwirklicher war als das Rot und Grün der Fensterscheiben. Ein junger Mensch auf der Bank neben Zillich war erstarrt, die Hände vors Gesicht geschlagen. Er stand erst auf, als die Aufbrechenden gegen ihn drängten. Zillich drehte in einem Schwarm, der obdachlos wie er selbst war, vom Kirchentor weg in eine Seitenkapelle. Ihr Dach war durchlöchert; man sah den Abendhimmel in rosa Stücken; der Boden war mit Stroh bedeckt. Der junge Mensch hockte sich mit gekreuzten Beinen neben Zillich auf den Strohsack, das Gesicht auf den Händen, wie zuvor auf der Kirchenbank. Er stöhnte. »Was fehlt dir denn eigentlich?« fragte Zillich. Der junge Mensch sah ihn ratlos zwischen seinen zwei Händen an; sein Gesicht, vom Weinen naß, war mager und blond und dünnhäutig und sehr bleich und beinah schön. »Du hast es doch selbst gehört«, sagte er, »was soll nur jetzt aus mir werden?« – »Ich habe nicht richtig zugehört. Hatte der Alte da oben was gegen dich vor?« Der Junge erwiderte leise, mehr zu sich selbst: »Wie soll ich nur weiterleben mit solcher Last auf dem Herzen? Was soll nur jetzt aus mir werden? Ich war doch der Sohn von christlichen Eltern. Meine Mutter war doch gut. Wie ist das nur langsam über mich gekommen?«

»Nu, erzähl mal«, sagte Zillich. Der rosa Himmel in den Löchern der Decke war längst verblaßt. Die Strohsäcke waren längst alle besetzt; die Sterne gingen schon auf. Der Junge fuhr fort: »Der Feind war uns auf den Fersen. Wir räumten das Dorf Sakoje; wir trieben die Bevölkerung vor uns her; ich dachte: in irgendein Lager; ich dachte vielleicht auch gar nichts. Dann kam der Befehl:›Schießen!‹ Wir schossen alle über den Haufen, Frauen, Kinder, alte Männer.« Zillich sagte: »So was ist ja oft passiert.« – »Das ist es. Noch oft, das war nur der Anfang. Warum habe ich nur geschossen? Auf Kinder, verstehst du? Warum hab ich so was getan?«

»Das ist doch ganz klar. Das war dein Befehl.«

»Das ist es ja eben. Warum habe ich mich nicht geweigert? Warum hab ich einem solchen Befehl gehorcht?«

»Was meinst du damit?« sagte Zillich, »was hättest du denn anderes tun sollen?«

»Warum hab ich gar nicht mehr nachgedacht? Angelegt, geschossen. Warum hab ich nicht dem höheren Befehl gehorcht? War er denn verstummt? War ich taub?« – »Was denn für ein höherer Befehl?« fragte Zillich, »es hat doch damals bei euch noch keine Gegenbefehle gegeben. An deinen Leutnant war sicher zuerst der höhere Befehl ergangen.« – »Verstehst du denn nicht? Der wahre, der innere. Die innere Stimme, die nie im Menschen verstummt. In dir nicht, in mir nicht, das weißt du doch.« – »Ich weiß, ich weiß. Wie ich verwundet war, sogar ziemlich schwer von einem Granatsplitter, da hab ich das auch gekannt, wie das ist. Eine innere Stimme. Das legt sich dann, wenn sich das Wundfieber legt. Sobald man gesund ist, hört es auf. Ich glaube, du bist noch ziemlich kaputt. Warst du denn verwundet? Für dich ist bestimmt das beste, du schläfst.«

Der junge Mensch sah den Zillich mit einem Blick an, der dem Zillich mißfiel, weil er ihn nicht verstand, mit Erstaunen und Mitleid. Er streckte sich aber gehorsam aus.

Am nächsten Morgen war er, wie Zillich vorausgesehen hatte, ganz gut beisammen. Zu Zillichs Ärger war der Ausgang der Kirche versperrt. Die Tür in der Rückwand

blieb einem als einziger Ausgang durch einen verwilder-
ten Garten, in dem sich Efeu, Heckenrosen und ins Kraut
geschossenes Grünzeug um allerlei Granatsplitter, Röh-
ren und sonstiges Zubehör der zusammengeschossenen
Küsterwohnung rankten. Zillich fuhr vor Entsetzen zurück: Ein Soldat stand im rechten Winkel zur Tür, breitbeinig und, wie er Zillich vorkam, riesenhaft, obwohl er
nicht höher von Wuchs als Zillich war. Doch Zillich war
zusammengeschrumpft, sein Gesicht war zerknittert, er
zog eine Braue hoch, er zog einen Mundwinkel nach unten, er zog seine riesigen Nasenlöcher zusammen, er hef-
tete seine Vogelaugen, erschreckt, doch genau, auf das
große gleichmütige Gesicht des Wachsoldaten. Der sah
einen der Durchgehenden nach dem andern aufmerksam
an, sah aufmerksam in das Papier, das er in der Hand
hielt. Ihm gegenüber, im Winkel zur Tür, stand ein dünner Soldat mit einer dünnen, langen Nase, der das Papier
beguckte, das jeder ihm reichen mußte. Da Zillich nichts
Besseres bei sich hatte, gab er ihm den Arbeitsausweis aus
dem Sandbruch, zuständig Dorf Erb, Kreis Weinheim.
Der Blick des Großen blieb an Zillichs Kopf haften, so
daß ihn die Vogeläugelchen schnell noch einmal ansta-
chen. Die eigentümlichen Schweinsohren dieses Burschen waren ja zweifellos ein besonderes Kennzeichen.
Doch sie kamen in keiner Beschreibung besonderer
Kriegsverbrecher vor. Zillich stolperte auf die Straße. Er
war kalt vor Schweiß. Er hatte noch nie im Leben eine
solche Angst ausgestanden.

Das bißchen Leben war überhaupt eine solche Angst
nicht wert. Dasselbe Grausen konnte ihm ja womöglich
noch hundertmal passieren. Wie eng die Welt war! Er
hatte sich früher eingebildet, sein Vaterland sei unermeß-
lich, es weite sich noch mit jedem Atemzug, es ver-
schlänge die ganze Erde, Brocken für Brocken. Auf einmal war es unkenntlich, zusammengeschrumpft wie vorhin sein Gesicht. – Der große, staubige, von Ruinen

gesäumte Platz – mit dem Himmel darüber wie eine Käseglocke –, man tapste darin herum wie eine Mücke. Sein Blick fiel auf ein Kreuzeszeichen auf einer gegenüberliegenden Wand. Er steuerte darauf zu: ein breites, ein rotes Kreuz. Das war eine Station von den Amerikanern oder eine Drogerie, die den Krieg überlebt hatte. Er bat mit kläglicher Stimme um Heftpflaster. Das Fräulein fragte ihn milde, wo sie ihn verbinden sollte. Er wehrte ab. Er stürzte hinaus; er sprang in eine Torfahrt, er schielte nach oben; der Hausgang hatte kein Haus. Die Morgensonne hing rund und gelb wie ein Fesselballon; unbemannt. Im Himmel war niemand, der ihn belauerte. Er riß zwei Stücke von dem Heftpflaster ab. Er klebte seine umgekippten Ohrläppchen an den Hinterkopf. Das hatte schon mal seine Mutter vor dreißig Jahren gemacht, als er heulend aus der Schule gelaufen war, weil ihn die Dorfbuben geneckt hatten. Er struppte sein Haar über beide Ohren.

Er hatte sich etwas gefaßt, er lief aus der Stadt heraus. Er kam in die dorfähnliche Vorstadt. Sie haftete an dem Ring wie der Zacken eines Kranzkuchens, in dessen Mitte bloß Luft ist. Er war ratlos. Vielleicht lag die Stadt, die Erbenfeld hieß, nur ein paar Stunden entfernt, vielleicht einen Tag. Er wußte nicht ganz genau, warum er Erbenfeld Braunsfeld vorzog. Er wußte nur, daß er den Mut nicht hatte, in Braunsfeld nach Arbeit zu suchen.

Wie wenig Verlaß war doch auf das Volk, von dem man so hohe Töne gesungen hatte. Man hätte doch mittendrin sicher sein müssen wie im Mutterschoß. Ein wahrer Dreck, diese Volksgemeinschaft. Die ließ es doch glatt geschehen, wenn einer vor ihren Augen geschnappt wurde. Da hatte man jahrelang mühsam alle Halunken aus ihr herausgepickt, die Hände sich wund an ihnen geschlagen. Und Wache geschoben, Tag und Nacht, daß niemand wieder entsprang. Der Dank? Man ließ die Ausländer schalten und walten. Wes Brot ich eß, des Lied ich sing.

Sein Blick fiel auf ein altes Weiblein; es schleifte einen Sack. Sein fusseliger Haarknoten kam ihm bekannt vor, auch seine Haarfarbe, rostig, wie Rote weiß werden.

Er machte sich an sie heran. Sein Lebensgeist war wieder erwacht. Und mit ihm auch sein Verstand, den ihm die Natur mit seinem wuchtigen Körper gegeben hatte. Gar nicht sehr schwach, sinnlos schlau, zwecklos findig. Er war eben dadurch der, der er war. Ohne Zweck, ohne Sinn, ein Verstand für die Katz.

Er sprach das Weiblein an: »Guten Morgen, Muttchen. Wie das einem gestern zu Herzen gegangen ist! Der Herr Pfarrer, kann man wohl sagen, der hat das Wort zu Gebot.« Die alte Frau sah ihn fahrig an in der Art von Menschen, deren Geist gestört ist. Der Zillich blieb stehen. Er sah sie genau an. Sie blieb gleichfalls stehen, wie festgenagelt von den kleinen, harten Vogelaugen. Sie sagte: »Das war der Herr Pfarrer Seiz.« – »Ist der neu?« Sie drehte langsam den Kopf von rechts nach links. »Das ist unser alter Herr Pfarrer. Er saß in einem KZ. Er hat einmal eine Messe lesen lassen für Jungens aus unserer Stadt, die von den Nazis erschlagen wurden.« Zillich zog seine Augen ab. Die Alte bewegte unsicher den Kopf. Zillich sagte: »Ich will dir deinen Sack tragen helfen, Muttchen.« Die Leute sahen ihm nach. – Ich werde mich schon bei euch einbauen, dachte Zillich.

Die Alte plapperte: »Mein Jüngster war auch in einem KZ. Er muß jetzt jeden Tag heimkommen. Jetzt kommen ja alle heim. Selbst solche, die man lang tot geglaubt hat.« – »Mein liebes Muttchen«, sagte Zillich, »ich bin allein auf der Welt. Ach, laß mich doch eine einzige Nacht unter deinem Dach.« Die Alte sagte: »Die zwei großen Buben wollen jetzt niemand mehr.« Sie schüttelte immerzu fahrig den Kopf. »Ach, liebes Muttchen, denk doch mal, dein kleinster Sohn sei jetzt unterwegs, und niemand, der ihn aufnimmt.«

Er trug den Sack hinter der alten Frau in den Hof. Sie

verhandelte mit den Söhnen, zwei großen, abgerissenen Burschen. »Wenn jetzt euer Bruder kommt – man wird unterwegs genauso zu ihm sein, wie wir zu dem Fremden sind.« Die Antwort der Söhne mißfiel dem Zillich. »Wir müssen vorsichtig sein. Ein Unbekannter, das kann Gott weiß was für ein Schuft sein. Gerade der Bruder, der würde dir jetzt besonders zur Vorsicht raten. Er kommt aber nicht, liebe Mutter, du mußt dir das ganz aus dem Kopf schlagen.«

»Doch, doch. Ihr werdet schon sehen. Nur, wenn man ihm unterwegs nicht hilft. Und diesen Mann, den hab ich schon gestern in der Kirche getroffen.« – »Er kommt nicht, Mutter«, sagte der Älteste hart. »Er ist tot. Man gab uns damals Bescheid. Sogar dein Pfarrer hat damals für ihn die Totenmesse gelesen. Er kam ja dafür ins KZ.«

Da weinte die alte Frau. »Ihr Lieben, Lieben. Ach, bitte, ihr lieben Kinder.« Der Ältere seufzte. Der Jüngere wandte sich an Zillich. »Im Hof hier können Sie schlafen, meinetwegen. Wo wollen Sie denn hin?« – »Nach Erbenfeld auf den Bau.« – »Ihr Ausweis.« Er zeigte zum zweitenmal sein Papier aus dem Sandbruch, zwar dreister, aber doch kalt vor Schweiß. Er hatte sich unterdessen aufmerksam umgesehen. Er sagte: »Ich kann bestimmt am Lötofen helfen.« – »Verstehen Sie sich auf die Spenglerei?« – »So gut wie auf alles – sechs Jahre Soldat –«

Der Älteste, der ihn immerfort aufmerksam ansah, sagte: »Nicht nötig. Wenn Sie durchaus was tun wollen: hier knien Sie sich vor die Wasserbütte. Die Flasche da, die aus Zink, die ist fertig. Sie müssen jetzt vorn hineinblasen, ob das Wasser spritzt, denn wenn es noch spritzt, ist die Lötung nicht dicht.«

Zillich sagte: »Ich blase, gut.« Er hockte sich auf das Pflaster. Die Söhne, vom Lötofen, reichten ihm Stück für Stück: Wärmeflaschen, Eimer, Kannen. Unglaublich, was für ein Zeug die Menschen brauchten, um ihr Leben zu fristen, kaum, daß sie es noch einmal lebten.

Sehr angenehm ist das nicht, dachte Zillich, in gelötetes Zeug zu blasen, ob es immer noch rinnt. Im Sandbruch schippen war auch nicht besser, im Acker buddeln auch nicht. Im Schweiße des Angesichts sollst du dein Brot essen. Der Teufel hat mich mal wieder geschnappt.

Die alte Frau wischte die fertigen Stücke an ihrer Schürze; sie trug sie einzeln weg. Sie kam einmal aufgeregt von der Straße zurück. »Da laufen so viele zusammen. Ich glaube, ich glaube, da kommt wieder einer zurück.« Der älteste Sohn am Lötofen sagte fest: »Sicher nicht der Bruder.« Der Jüngere sagte hart: »Bleib jetzt hier; du brauchst nicht jedes Stück wegzutragen. Der Bruder ist sicher tot.«

Sie gingen zu Mittag alle drei in die Küche. Die Alte sagte: »Man kann ihn nicht wie ein Vieh im Hof lassen.« Die Söhne sagten: »Wir wollen ihn nicht am Tisch. Er gefällt uns nicht. – Man sollte ihn auf der Wache melden. – Die können ihm auf den Zahn fühlen.« – »Ach wo, gerade die sagten gestern, sie hätten genug von der Angeberei.« – »Das hätten sie früher den Nazis erzählen sollen. Dann wär unser Bruder noch am Leben.« – »Ich meine, besser zuviel Verdacht als zuwenig.«

Die Mutter stand beinah heimlich auf. Sie brachte dem Zillich einen Teller Suppe. Sie lief geschwind auf die Straße, dieweil er gierig schluckte. Sie sagte, zurückkommend, zu den Söhnen, die wieder am Lötofen standen: »Der Sohn von den Müllers ist wiedergekommen. Ihr seht, der ist auch wiedergekommen.« Die Söhne sagten hart: »Unser Kleiner kommt nie mehr. Die Toten kommen nie mehr.« Zillich dachte: Die Jungens haben ja ihre Last mit der Alten. Die sollten doch mal die Amerikaner, die an so was ihren Spaß haben, an unser Massengrab in Piaski bringen, dann würden ihr die Hirngespinste vergehen.

Er kniete vor der Bütte, um neue Stücke auf ihre Dichte zu prüfen. Er dachte: Wenn ich jetzt einer von diesen

Jungens wäre. Wenn jetzt von den Jungens einer hier vor der Bütte kniete. Wenn jetzt sein Hintern in die Luft wie meiner stünde –

Er zuckte ein wenig zusammen, als er die Stiefel hinter sich knirschen hörte. Der ältere Sohn blieb hinter ihm stehen; bückte sich tief; packte plötzlich sein Haar. »Warum haben Sie sich denn die Ohren zurückgeklebt?«

Zillich sprang blitzschnell auf die Füße. Der Jüngere lachte. Zillich stieß ihm blind vor Angst vor die Brust. Dann sprang der Ältere vor die Hoftüre, Zillich hatte ihm schon ein Bein gestellt. Stürzte stracks heraus, raste geradezu wie ein Stier, ließ den Ort weit hinter sich, bog auf die Landstraße ein, die Stirn gesenkt, als müßte er jemand über den Haufen rennen. Er hörte die Rufe hinter sich oder glaubte, sie zu hören. Schritte, Geschrei. Er hörte ein Auto ansausen. Er sprang in den Straßengraben, die Büsche zerknickend.

Das Auto war ein Lastauto von der Baufirma Redel aus Erbenfeld; es war mit Ziegelsteinen bepackt, der Verlader saß bei dem Chauffeur. Zwei Arbeiter saßen hinten drauf. Zillich winkte verzweifelt. »Nehmt mich mit, Kameraden. Ich muß vor Nacht nach Erbenfeld.« – Ist verboten«, rief der Chauffeur über die Schulter. Er hatte ganz kurz gebremst. Die beiden Burschen, die hinten aufsaßen, zogen den Zillich blitzschnell in ihre Mitte. »Wenn er dich nachher bei der Ankunft findet, soll er's verbieten.«

»Vielen Dank, Kameraden.« Zillich schnaufte sich aus; er trocknete sein Gesicht und sein Haar. Als er ein wenig beruhigter war, gab er auf alle Fälle einen Bericht. »Was einem für Narren über den Weg laufen. Da kam ich bei Spenglersleuten unter. Ganz gute Arbeit. Auf einmal sticht einen der Hafer. Was glaubt ihr, hat einen der Jungens wild gemacht? Die Heftpflaster da auf meinen Ohren. Das haben sie mir noch zuletzt im Lazarett aufgepappt, nach einer Mittelohrentzündung. Auf einmal kriegt der das Tier, wir bekommen Krach; er schmeißt mich raus.« Der Bursche, der links von ihm saß, sagte: »Soso.« Der rechts von ihm saß, sagte: »Naja –« Sie waren beide ganz nette, ganz stramme Jungens; sie nannten sich Hans und Franz. Hans sagte: »Na ja, die Kameradschaft ist schon zum Teufel.« Franz sagte: »Das kommt der Besatzung sehr zustatten, wenn wir Krach miteinander bekommen.« Hans sagte: »Dann haben die einen Grund, unseren Streit zu schlichten.« Franz: »Und ihre Nase in jeden Dreck zu stecken.« Zillich sagte gar nichts. Er blieb ein paar Minuten ruhig. Dann schüttelte ihn die Verzweiflung, jäh, ein Wechselfieber. Wo soll ich nur mit mir hin, ich armer Schlucker? Wo finde ich mir eine Bleibe? Die ganze verdammte Welt ist jetzt gegen mich. Sein Hemd war von Schweiß durchnäßt; er fror im Luftzug der Fahrt. Und diese Herrschaften, dachte er weiter, die haben sich schleunigst in alle Winde verduftet. Die lassen mich glatt verrecken; die haben mir jahrelang Honig ums Maul geschmiert. Zillich hin, Zillich her. Wenn irgendein roter Bonze stumm blieb, dann hieß es: Holt mal den Zillich. Wenn irgend so ein Kommunistenvieh so zäh war, daß er nicht abkratzen wollte, dann hieß es: Dem gibt schon der Zillich noch den Rest. Auf einmal, von einem Tag auf den andern, hat sich kein Aas mehr um den Zillich gekümmert.

»Wo willst du denn hin?« fragte Franz. Zillich erwiderte prompt: »Auf Arbeit.« Hans fragte: »Wo?« – »Auf den Bau nach Erbenfeld.« – »Hast du 'nen Ausweis?« – »Aus Erb, Kreis Weinheim. Da war ich zuletzt auf Arbeit.«

Die beiden sahen einander im Rücken von Zillich in die Augen. Hans sagte: »Man schreibt bei uns auf dem Bau die Angaben auf, wenn man jemand einstellt.« Franz: »Man fragt am Geburtsort nach.« Zillich schwieg. Gedanken surrten wie Fliegen in seinem dicken und engen Kopf. Die beiden sahen ihn von der Seite an. Hans sagte: »Das dauert aber gewöhnlich lang, bis eine Rückantwort auf den Bau kommt.« Franz stimmte bei: »Besonders, wenn man von weit her stammt. Du stammst doch nicht aus der Gegend?« – »Bewahre, ich bin aus dem Sächsischen.« Sein Hemd war schon verhärtet vom Schweiß, aber nicht mehr naß. Er faßte ein wenig Hoffnung. »Wir werden dich schon auf den Bau bringen, Kamerad, paß mal acht.« Der andere: »Wir kennen jemand, der wird dir schon helfen.« Zillich nickte. »Da merkt man, es gibt doch immer noch Kameradschaftsgeist.«

Er wäre beinah abgestürzt, als das Lastauto mit einem Ruck vor einem Dorfausgang hielt. Die beiden packten ihn rechts und links. Sie murmelten: »Hau nur nicht ab, das ist das blödeste, was man tun kann.« Die Wache prüfte auch bloß am Chauffeursitz die Fahrerpapiere. Zillich dachte: Warum bin ich bloß in mich Mannsbild eingesperrt? Mir gefällt's gar nicht in mir drin; ich möchte da raus.

Es war ihm auch tief zuwider, daß plötzlich wieder der Fluß durch die Erlen schimmerte. Er hatte geglaubt, er sei schon wunderweit weg von daheim. Der Fluß war ihm sachte vorausgelaufen, heimtückisch krumm, arglistig glitzernd. Der Rest der Stadt schob sich, von Sonnenlicht überkleistert, von vielem Grün zusammengeflickt, den Berg herunter an den Fluß. Auf dem Baugelände war eine Geschäftigkeit und ein Getümmel, das den Zillich beruhigte mit seinem Staub und seinem Lärm, weil es durchaus nichts mit dem Tod zu tun hatte. Dann sah er den Tod doch wieder, zusammengekauert, ein Erdklümpchen, ihn neckend mit einem roten Fähnchen. Es war aber nur eine Warnung für Fahrzeuge. Wie er den Kopf hob, wupps, war der Tod hoch oben. Die Gestalt gewandelt. Auf dem Dach des Gerüsts, gestreift, stangendürr, mit dem Sternenbanner. Zillich starrte entsetzt, als ob er noch nicht gewußt hätte, daß jetzt das ganze Land zufluchtslos besetzt war. »He, Müller«, riefen seine Begleiter. »He, Müller.« Sie berieten mit einem langen Menschen mit langem Hals, mit langen Armen, mit langem Schädel. Franz rief den Zillich: »Ist gemacht, wirst eingestellt. Geh man mit dem Müller.« Alle vier musterten sich einen Augenblick lang. Die zwei Jungen, adrett und findig, Müller, der lange Bauaufseher, Zillich, klobig und dumpf. Irgendein unbenennbares Band von Gemeinsamkeit und Vergangenheit schlängelte sich unsichtbar um die vier Gesellen auf dem vollen Bauplatz.

Zillich kam bereits nach der Mittagspause in Arbeit. Er mußte mit dem Kalkeimer die Leiter hinauf, herunter. Er keuchte in dem Gerüst, das die halbrenovierte Ruine einer Fabrikanlage umgab. – Frischer Schweiß taute sein Hemd, das der Todesschweiß schon verkrustet hatte.

Er wagte am ersten Tag aus Angst vor Schwindel nie von oben hinunterzusehen. Er gab auf keine Gespräche acht. Er wurde auch bald nichts mehr gefragt, weil er unverständliches Zeug dahermurmelte. Als er schließlich einmal hoch oben Umschau hielt, war er beinah enttäuscht, weil ihn die Höhe kaltließ. Sie war gar nicht unerreichbar hoch, die Höhe, und auch nicht schwindelerregend. Sie war so gut wie flach. In dem blaugrün flimmrigen Flußband in den Feldern, in dem Gebirge über der Stadt hätte er sich genausowenig verstecken können wie in den Klecksen und Strichen auf einem Bild. Er sah zuerst neidisch einem Zug Schwalben nach; aber auch fliegen, fiel ihm dann ein, hätte ihm nichts genützt. Wohin hätte er fliegen sollen? – Er lebte schweigend dahin. Er vermied jeden Umgang. Seine Todesangst ließ bald nach. Er dachte allmählich so beiläufig an den Tod, wie er im Krieg daran gedacht hatte. Er ist unvermeidlich, aber Glück muß man haben. Ein Baugerüst war ja kein Mauseloch, er fing aber an, sich sicherer zu fühlen.

Er wurde in der Kantine von rechts und links untergefaßt. Da blieb sein Herz stehen: Jetzt haben sie dich. Er stand aber nur in der Mitte von Hans und Franz, die ihn lachend an ihren Tisch zerrten. »Wie geht's, wie steht's?« – »Wie gefällt's dir auf dem Bau?« Er guckte verschreckt von einem zum andern mit seinen flinken Äugelchen. Der eine – das sah er erst jetzt – hatte ein langes Gesicht mit einem Haken von Kinn; des anderen Gesicht war runder und breiter und beinah kinnlos. Franz sagte, nur mit den Augen lachend: »Du hast deine Kameraden vergessen.« – »Wo wärst du jetzt«, sagte lächelnd Hans mit kalten, schmalen Augen, »wenn wir zwei dich auch so vergessen hätten?« Er sah pfeifend durch die Luft zum Fenster hinaus. Der Zillich wandte den Kopf. Wo wärst du jetzt? Was soll mir die Frage? Woran haben die zwei gemerkt, daß etwas mit mir nicht stimmt? Was zog denn den Blick dieses Burschen nach sich? Der Hebekran auf dem Gelände? Sein eiserner Arm war zu hoch und zu lang. Die Schlinge lief viel zu umständlich durch die doppelten Rollen.

Hans stieß ihn an. »Unter uns gesagt: Wir haben den Aufseher Müller noch einmal geschmiert. Da kam ein Kontrollbeamter ins Büro. Das ist uns rechtzeitig zu Ohren gekommen.« Franz sagte: »Wir haben dir schon auf der Herfahrt erklärt: Man zieht von allen Wohnorten Auskünfte ein.« – »Von allen?« – »Das braucht natürlich Zeit. Wo bist du her?« – Wo bin ich nur her? dachte Zillich verzweifelt. Wo hab ich nur gleich erzählt, daß ich her bin? Aus dem Schlesischen? Aus dem Rheinischen? Aus dem Sächsischen? – »Beunruhige dich nicht«, sagte Hans mit lachenden Argen, »ist alles schon gemacht. Der Müller hat dich ganz einfach aus der Rubrik ›Unerledigt‹ in die Rubrik ›Erledigt‹ verschoben.«

Dem Zillich entfuhr es: »Vielen Dank, Kameraden.« Er hockte gar unbeholfen und schwer zwischen den beiden wendigen, schlanken Jungens. Warum hab ich danke gesagt? dachte Zillich. Warum hab ich nicht gesagt: Ist mir ganz egal. Oder einfach gar nichts. Wir haben doch oft genug mit solcherart Trick einen Illegalen gefangen. Zum Beispiel den roten Bezirksleiter Straub. Er suchte sich einen Vorwand und ging. Er merkte noch, wie die beiden zusammenrückten und etwas berieten.

Er war auf der Hut. Er stellte sich in der Kantine mit

dem Gesicht zur Tür. Er machte stets kehrt, wenn er die beiden auf dem Bauplatz erspähte. Man ließ ihm zwei-, dreimal sagen, er werde da oder dort erwartet. Dann mied er den Ort. Er hätte sich jetzt ganz ruhig auf dem Bau gefühlt, wenn diese zwei nicht gewesen wären, die ihn einmal hierhergebracht hatten.

Am Zahltag standen sie plötzlich nachmittags rechts und links vor der Tür. Sie hakten sich rechts und links in ihn ein. Sie gingen zu dritt auf und ab auf dem Sand im milden Abend. Sie sagten: »Wir hören, euer Gerüst wird diese Woche schon abgetragen.« – »Die Innenarbeit wird nicht viel Zeit mehr in Anspruch nehmen.« – »Man sagt, die Fabrik soll schon nächsten Monat in Betrieb kommen.« – »Das Zeug ist alles für die Armee. Die Amerikaner machen alles am Ort.«

Sie schwiegen. Da Zillich gar keine Art von Erstaunen zeigte, gab Franz seine eigenen Gefühle kund: »Daß wir zur Fron ins Feindland verfrachtet werden, ist denen längst nicht genug.« Hans stimmte bei: »Wir sollen auf eigenem Grund und Boden fronen.« Zillich horchte auf. Er wußte nicht, auf was die beiden hinauswollten. Er seufzte. »Ja«, sagte Franz, »da seufzt du, aber das nützt nichts. Die müssen beizeiten fühlen, daß sie sich noch längst nicht alles erlauben können.« Sein Trotz steckte Zillich an, der im selben Ton fragte: »Was soll man nur tun?« Sie faßten ihn fester unter; sie gingen rascher; sie schwenkten schärfer. »Man gibt dir morgen, Stock zwei, Fenster vier, ein Zeichen von innen. Darauf gleiches Fenster, Stock drei, da wo der Draht durchläuft, wird eine Schnur gereicht werden; die mußt du zwischen den Drähten leiten; das ist eine Arbeit von einer Viertelminute. Man wird dich abends zur selben Stunde an der Kantine treffen. Dort wirst du das Weitere hören für den folgenden Tag, verstanden?«

»Jawohl«, sagte Zillich. Sie trennten sich, sogar nach drei Richtungen. – Zillich legte sich nach alter Gewohnheit früh. Er kreuzte die Arme unter dem Kopf. Sein Herz, von dem er früher nicht einmal genau hätte sagen können, zwischen welchen Rippen es eigentlich steckte, klopfte in harten kleinen Stößen. Was machst du denn Lärm? sagte er zu seinem Herzen. Du kannst ja heute nacht noch ruhig schlafen, du bist ja ganz unschuldig.

Wie konnte er sich vor den Narrenstreichen bewahren, die diese zwei Jungens ausbrüteten? Sie hatten sich sicher die Tollheit ausgeheckt für den Tag, an dem die Besatzung die Fabrik in Betrieb nahm. Daß es heute so etwas noch gab. Es sprang ja dabei kein Orden heraus, kein Lohn, keine Macht. Sie waren auch gar nicht von oben eingesetzt, sie hatten überhaupt gar kein Recht mehr, irgend jemand irgend etwas zu befehlen. Wie waren sie nur gerade auf ihn verfallen? – Weil sie ihm anmerkten, daß er verfolgt war? Als ob es nicht einem Mann genügt, von einem einzigen Galgen bedroht zu werden.

Ja, früher, da war auch er zu jeder Tollheit bereit gewesen. Er war mit dem Führer durch dick und dünn gegangen. Der Führer war aber tot. Es gab zwar Leute, die daran nicht glaubten, auf jeden Fall konnte er nichts mehr befehlen, tot oder lebendig. Er würde nicht noch einmal auf Führermätzchen hereinfallen. Sie hatten ihm Ruhm und Glanz versprochen, einen Anteil an ihrer eigenen Macht. Sie hatten ihn damit von zu Haus weggelockt, von seinem Pflug und von seinem Acker. Sie hatten ihm wunder was versprochen – was war dabei herausgekommen? Verfolgung, Angst und Verlassenheit.

Und alles würde noch schlimmer werden, wenn er diesen Bengels zu Willen war. Und noch viel schlimmer, wenn er ihnen nicht zu Willen war. Dann würden sie ihm hier die Hölle heiß machen.

Er durfte morgen nicht aufs Gerüst. Seine Zeit war um auf dem Bau. Da war es besser, sich nachts aus dem Staub zu machen. Er stöhnte. Er war zu Tode erschöpft von dem heutigen Arbeitstag und von der wochenlangen Flucht.

Doch in der Erschöpfung, die kurz vor dem Tod ein letzter Schuß Leben durchglüht, gelang es ihm, findig, gerissen und wild, genau wie auf seiner Flucht aus Weinheim, den Kreis von Wachen zu durchschlüpfen, der um den Bauplatz gelegt war. Am frühen Morgen tapste er schon mit seinem Bündel im Gebirge herum.

Der Reparaturzug, mit dem Volpert den ganzen Damm längst ausgeflickt hatte, war wieder zu seinem Ursprungsort zurückgekehrt, der Waldau hieß, drei Stunden vor Zeißen. Volpert beschloß, nach dem Dorf zu fahren, um an Ort und Stelle festzustellen, ob seine Nachforschung durchgedrungen sei. Er war enttäuscht von allen Amtsstellen abgezogen. Das Tier war unauffindbar geblieben.

Das Dorf war seit seinem ersten Besuch viel schmucker und viel reiner geworden. Noch stärker als damals steckten die letzten Spuren des Krieges in neuer Tünche und frischen Ziegeln. Volpert ging auf die Bürgermeisterei. Der Dorfbürgermeister, ein älterer pfiffiger Mann, namens Abst, war ein auskömmlicher, mittlerer Bauer gewesen mit einem Pferd und fünf Kühen. Er hatte für Volperts Ungeduld volles Verständnis. Er hatte selbst zwei Jahre im Konzentrationslager verbracht. Von dort war er in ein Strafbataillon gekommen.

»Gott hat es anders gewollt«, erzählte er. »Ich bin jetzt wieder gesund daheim bei meiner Frau und meinen Kindern. Das Pferd ist hin. Ich schwöre Ihnen, ich habe gar nichts gegen den Hitler gemacht. Ich habe mal höchstens ein böses Wort fallenlassen, einen schlechten Witz. Der Bauer Nadler hat mich angezeigt, weil ich dreimal mehr Glück als er hatte.« – Er tröstete Volpert, der Gesuchte, Zillich, sei sicher mit gefälschten Papieren untergetaucht. Doch würde sich bei der Nachforschung, die jetzt Pflicht sei, sehr bald herausstellen, auf wen der Steckbrief passe.

Sie saßen auf einer funkelnagelneuen Bank, die der

Bauer Abst kürzlich selbst ringförmig um einen Kastanienbaum gelegt hatte vor seinem Haus auf dem Dorfplatz. Es war ein später, kühler, vielleicht zum letztenmal doch noch sonniger Herbsttag. Der Lehrer kam aus dem kleinen, grünen, gerade wieder benutzten Schulhaus, das auf demselben Platz lag. Er war ein schmächtiger, kränklicher Mensch mit grauen, zupackenden Augen. Er setzte sich auf Absts Anruf zu den zwei Männern unter den Kastanienbaum.

»Das ist der Ingenieur Volpert«, sagte Abst, »derselbe, der den Zillich wiedererkannt hat, den man jetzt sucht. Das ist der Lehrer Degreif.« Volpert entnahm diesen Worten, daß es schon in das Dorf gedrungen war, was es mit dem Zillich auf sich hatte. Degreif sah den Volpert klar an. Der etwas zu starke Glanz seiner Augen, der leichte, kaum abbrechende Husten verrieten ein Lungenleiden, das ihn in alten Zeiten um sein Amt gebracht hätte. Abst fügte in dem Ton hinzu, in dem man den Namen Ränge und Titel hinzufügt: »Der Herr Lehrer war in dem KZ Sachsenhausen.« Volpert sagte: »Es muß für Sie schwer sein, den Kindern Verachtung beizubringen für solche Männer, die sie bisher mit ›Heil, Heil!‹ begrüßen mußten.« Degreif erwiderte: »Warum? Ich bin ja daran gewöhnt; ich war ja schon darum im KZ Sachsenhausen.« Er hustete, und er lächelte. Abst sagte: »Herr Volpert rennt schon zum zweitenmal alle Ämter ab. Man findet und findet den Zillich nicht.« Volpert sagte: »Ich tue mein möglichstes, um den Schuft an den Galgen zu bringen.« Er fragte, von seiner eigenen Frage fast überrascht, unter dem hellen Blick des Lehrers: »Würden Sie das auch tun?« Degreif, überrascht von der Frage aus dem harten Mund, gab eine Antwort, die Volpert seinerseits unter den hellen Augen überraschte: »Gewiß, damit die da leben können.« Er deutete auf die Buben, die aus der Schule auf den Platz rannten, »und besonders der da.« Ein kleiner Junge, der die Mappe des Lehrers trug, kam zögernd an den Kastanienbaum. Sein kornblondes Haar fiel vom Wirbel in einzelnen dicken Strähnen um seinen runden Kopf. Er betrachtete finster den Fremden zwischen dem Bauer Abst und dem Lehrer Degreif. Er erinnerte sich ganz gut an das erste Auftreten dieses Mannes. Er hatte schon damals die unbestimmte Drohung gefühlt, die von dem Menschen ausging, frostig und beklemmend, und sich seitdem über ihn und die Seinen gelegt hatte, als düsterer Schatten. So jung er war, er hatte schon seine Jugend verlebt. Er war einmal beifällig beklopft und begrüßt worden, kein Mensch im Dorf hatte Anstoß an ihm genommen, dem Sohn eines offenbar unbeanstandeten Vaters. Jetzt ging ein Gerücht um, als ob nicht mehr alles stimme mit dem abhanden gekommenen Vater. Als sei der Staat das unerklärliche, unbekannte Etwas, wie der Wind, der so oder so bläst; jetzt war der Wind auf einmal gegen ihn. Er sah unruhig von dem Fremden weg, der ihn gleichfalls finster betrachtete, auf das schon vertraute Gesicht des jungen Lehrers. Volpert sagte: »Der Teufel, heißt es, hat keine Kinder.«

Der Lehrer lachte und hustete. »Da bin ich anders unterrichtet. Ich habe in einem Märchen gelesen, der Teufel hätte einmal ein Mädchen geschändet. Da hat ihr der Himmel erlaubt, einen Sohn zu gebären, der nur die guten Eigenschaften vom Vater erbt.« – »Hat der Teufel überhaupt eine gute Eigenschaft?« – »Meinem Märchen zufolge ja. Der Sohn wurde ausnehmend klug.«

Der Lehrer nahm die Mappe zwischen die Knie. Er sah einen Augenblick nachdenklich auf den Jungen, der immer noch unschlüssig wartete. »Ja, geh schon nach Haus.«

Die Nachmittagssonne schillerte golden und kraftlos durch das kahle, knorzige Geäst. Nur ein letztes Kastanienblatt glühte noch feurig rot.

Jetzt steckte der Zillich tief drin in dem einsamen, schon vom Herbst zerzausten Hochland. Er stieß zuweilen auf ein verlorenes Dorf. Der Krieg hatte es verschont, doch schien es gleichwohl im Absterben durch Elend und durch Verlassenheit. Er sättigte sich zuerst, weil er noch das Geld vom letzten Zahltag in der Tasche hatte. Die Bauern hier oben wunderten sich nie über einen verirrten Heimkehrer. Manchmal dachte Zillich, er könnte hier oben ungestört ewig weiterwandern, rastlos, hungrig, doch unbehelligt, wie der Ewige Jude. Er half auch manchmal beim Heuen gegen eine Schlafstelle. Wenn er dann nachts bei den Bauern saß und die Lampe wurde früh ausgelöscht, um Petroleum oder Wachs zu sparen, dachte er verdrießlich: Warum lebt das überhaupt? – Er sehnte sich nach Musik, nach Marschschritten, nach Kommandos. Er sehnte sich, statt nach grauer Zeit, die einem zwischen den Fingern zerrieselte, nach einem schroffen Widerstand, der sich aufbäumte, bis man ihn mit den Füßen zertrat, daß er um sich schlug, schrie und winselte, und von Blut nur so tratschte, statt sich demütig sacht zu gebärden, wie das Gras unter dem Rechen. Er kam eines Tages an einen See, der sich überraschend auf der Hochfläche ausbreitete. Er horchte befriedigt auf den Holzschlag vom anderen Ufer und auf das Ächzen und Klopfen von Sägen und Hämmern. Hier war endlich wieder das Geknirsch von Arbeit, das Gehaben von Menschen, die etwas bändigten, das sich sträubte. Er steuerte auf das Stauwerk zu, das man wieder in Betrieb setzte. Er vergaß sogar einen Augenblick, daß er nicht gleich Aufsicht würde führen können, sondern sich selbst zunächst bücken mußte. Er dachte: Ich werde es bald zum Aufseher bringen wie im Sandbruch von Weinheim.

Er stellte sich ganz beherzt dem Betriebsleiter vor. Er sei unterwegs nach Fulda, ob man ihn nicht bis zum Wochenende einstellen könne. Er zeigte Arbeitspapiere aus Weinheim und aus Erbenfeld.

Die Leute gaben scharf auf ihn acht. An seiner Arbeit war gar nichts auszusetzen. Er war kein Schluderer; er war kein Drückeberger. Er tat, was zu tun war, pünktlich, fleißig, schweigsam.

Die Arbeiter aßen und schliefen zusammen in roh gefügten Verschlägen aus Baumstämmen, die mit dem übrigen Holz bergab geflößt werden sollten, wenn das Stauwerk fertig war. Sie fragten den Zillich pedantisch aus, wohin er ginge, woher er käme, und Zillich gab jedem gelassen dieselbe Antwort. Man holte ihn abends zu einem Kartenspiel. Er strengte sich dabei an, als hätte ein Fehler Gott weiß was für Unbill in Gefolgschaft. Er ließ seine scharfen kleinen Augen von Gesicht zu Gesicht gehen, wobei er aus beinah unmerklichen Anzeichen erriet, bei wem welche Karte fehlte. Dann ließ seine Aufmerksamkeit nach. Er horchte auf ein Gespräch in seinem Rücken. »Man muß von Gehöft zu Gehöft durch das ganze Gebirge, von Dorf zu Dorf. Dann werden bald die Behörden eingreifen, die Kontrolle sei ihre eigene Sache, oder sie werden mit unserer vorliebnehmen.« Das war eine ältere Stimme, der man anmerkte, daß sie auf jedes Wort Gewicht legte. Es wurde an ihrem Tisch still, obwohl sie beiläufig und mäßig sprachen. »Man muß vor allen Dingen bei uns selbst anfangen. Am besten wäre es, ein jeder müßte vor unserer Belegschaft antreten; er müßte genau Auskunft geben, wo er die letzten zwölf Jahre verbracht hat. Er müßte all unsere Fragen beantworten.« Jemand rief so weit hinten, daß Zillich merkte, daß man auch dort zugehört hatte: »Wer soll denn fragen?« – »Natürlich wir. Man sollte so was in jedem Betrieb einführen, an jeder Arbeitsstelle, im ganzen Land.« – »Die werden gerade uns folgen. Wir sind von allem weit weg hinter dem Mond.« – »Das ist egal«, sagte jemand, der vor Aufregung stotterte, »die Hauptsache, daß man wo anfängt. Hinter dem Mond, vor dem Mond.«

Der Ältere sagte: »Man hat so was in Rußland gemacht, vor fünfundzwanzig Jahren, man nannte es Tschistka.« Auf einmal war das Schweigen so tief, als sei der ältere

Mann uralt, als sei er schon dagewesen, als niemand da war, längst vor der Sintflut, bei der Erschaffung der Welt. Wie Kinder den Großvater drängen, so drängte der Jüngere, der vor Aufregung lispelte: »Erzähl uns doch mehr davon.«

Den ganzen Abend hatte sich Zillich leicht gefühlt. Auf einmal war ihm das Herz schwer. Er hatte sich luftig und schwebend gefühlt, jetzt zog ihn sein Herz hinab wie ein Mühlstein. An seinem Tisch wetterte jemand: »Karo Sieben, zum Teufel, Schulze, gib doch acht!«

Zillich grinste, er mußte sich nur schnell mal umdrehn. Der Redner, der sich mit Vorschlägen wichtig machte, war sicher der ganz kleine stramme Greis mit buschigem weißem Schnurrbart und harten blauen Augen. Man hatte den Draht, an dem die einzige elektrische Birne von der Decke hing, um den Fensterhaken gedreht, so daß das Licht auf ihre zusammengerückten Tische fiel. Dem Zillich erschienen die Gesichter von Licht und Schatten verzerrt, unheimlich und gespenstig.

Er warf verzweifelt seine Karte auf den Tisch. »Karo Sieben.« Sie wieherten: »Na endlich!« Er bohrte die Äuglein in sein Spiel, er dachte: Ich kann jetzt nicht auf und weg, das wär verkehrt. Die Suppe wird auch nicht so heiß gegessen, wie sie gekocht wird. Bevor sich die Bande was ausheckt, bin ich längst hinter allen Bergen. Was liegt hinter allen Bergen? Das französisch Besetzte? Da will ich hinein. Da ist eine andere Obrigkeit mit anderen Behörden und anderen Ämtern. Ich will aber diesmal ganz sachte ab, ganz unauffällig, ohne Aufsehen.

Er war am nächsten Morgen munterer. Es hieß von ihm: Der taut ja auf. In der Mittagspause gelang es ihm, sich an den grauschnurrbärtigen älteren Mann heranzumachen, der nachts Wortführer gewesen war. Er erzählte ihm von all seinem Mißgeschick: die Kinder verschollen, das Haus zerbombt, die Frau krepiert, er selbst durch Jahre gefangen. Im Lager Piaski, das er aus eigener Anschauung vorzüglich beschrieb. Die harten Augen des Alten waren bei Tageslicht sanfter. Man macht sich immer lieb Kind, dachte Zillich, wenn man jemand um Rat fragt. – Wie lange hier oben die Arbeit noch dauern könnte? Man hätte den ewigen Wechsel nach all dem Ungemach satt. »Man hat vom Tal nach dem Stauwerk die elektrische Leitung gelegt. Wenn man damit fertig ist, flickt man erst noch den Damm.« Da dachte Zillich befriedigt, daß er sich doch noch hier oben würde halten können.

Was hatte er überhaupt zu fürchten? Er hatte sich von dem dummen Geschwätz ins Bockshorn jagen lassen. Er war wahrscheinlich schon recht auf dem Hund. Selbst wenn man hier eine Versammlung einberief, wie dieser alte Abortpinselschnurrbart vorschlug, dann würde er diesen Schwätzern ein Schnippchen schlagen. Der mißtrauische Greis hatte seinem Bericht aufs Wort geglaubt, die Schwätzer glauben stets dem Geschwätz. Er würde es laut vor allen wiederholen.

An einem der nächsten Tage hörte er bei der Arbeit großes Hallo. Er sah einen Trupp von neuen Arbeitern längs des Sees anziehen. Die Drahtleitung, die von oben und unten begonnen worden war, hatte sich in der Mitte getroffen. Nun stiegen alle gemeinsam auf die Kuppe. Es herrschte allerorts Betriebsamkeit, Einzug, Begrüßungen, neue Bekanntschaft. Daß Zillich wieder zusammenschrumpfte, fiel niemand auf. Er suchte argwöhnisch von einem zum anderen. Er hatte bald alle Gesichter durchgeguckt. Doch wie er abends vor der Baracke rauchte, berührte ihn jemand am Arm. Er kannte das magere, beinah nackte, ölig nach hinten frisierte Gesicht nicht. »Das macht mir Mordsspaß, daß nicht mal du mich erkennst«, sagte der Neuangekommene. »Wie heißt denn du hier? Ich heiße Stegerwald.«

»Ich? – Schulze«, murmelte Zillich. Der Stegerwald hatte früher Nagel geheißen. Er hatte sein Haar exakt so gescheitelt gehabt wie auf den Hitlerbildern, mit einer Haarsträhne in der Stirn. Den kleinen Schnurrbart hatte er abrasiert, denn all das war keineswegs mehr zu was nütze. »Das beste ist«, sagte Stegerwald-Nagel, »wenn wir zwei uns nie mehr treffen. Gib mir nur noch mal Feuer.« Er steckte die Zigarette an der von Zillich an, ihre Augen trafen sich. Die spitzigen, stechenden von dem Zillich-Schulze mit den trüben, verschwommenen von Stegerwald-Nagel.

Zillich blieb im Dunkeln stehen, an die Barackenwand gelehnt. Der See schimmerte in den Wäldern. Der Wind trieb ihm den Regen aufs Gesicht. Gewiß, sein alter Bekannter hatte recht, sie durften sich nie zusammen zeigen. Sie waren beide gleichzeitig als Lagerwächter nach Piaski gekommen. Er, Zillich, hatte bald Angst gehabt, der Nagel könnte vor ihm Oberaufseher werden. Bis es dem Zillich schließlich gelungen war, dem Nagel eindeutig die Schuld nachzuweisen, weil damals der Jude, der alte Grünebaum, der in ihr Quartier gehörte, ihnen beinahe durch die Lappen gegangen wäre. Die Flucht war zwar damals dem Grünebaum nicht richtig geglückt, er hatte sich nicht rasch genug durch den Stacheldraht durchgeschlagen, so daß die elektrische Leitung rechtzeitig hatte eingesetzt werden können, die dann dem Flüchtling den Rest gab.

Doch Nagel hatte dem Zillich zugesäuselt, als der seine mangelnde Aufsicht anprangerte: »Ich werd's dir noch stecken.«

Vielleicht hatte Nagel die Drohung vergessen, da er selbst bedroht war. Sie könnte ihm aber jede Minute wieder einfallen. Darauf erst zu warten, war närrisch.

Zillich kehrte gar nicht mehr in die Baracke zurück. Er stahl sich in die Nacht. Er war vom Regen durchnäßt, bevor er so tief in den Wald geriet, daß ihm nichts mehr etwas anhaben konnte, weder Menschen noch Wetter. Er wühlte sich ins Gebüsch wie das Vieh, das verreckt. Am besten war es jetzt für ihn, er könnte während der Nacht vermodern, dann war er morgen unauffindbar. Er würde verfaulen wie dürres Laub, das unaufhaltsam die Erde düngte, ja unaufhaltsam und unnachweisbar und unbedrohbar. Aus Erde bist du, und zu Erde sollst du werden. Das dachte auch Zillich. Er war zu erschöpft, um weiterzustapfen, selbst als der Regen durch den Wald drang. Er war zu erschöpft, um noch Tage und Nächte weiterzukriechen, von einem Gehöft zum andern, belauert und beschnüffelt. Er war zu erschöpft, um durch die Grenze zu entwischen, vielleicht ins französisch Besetzte, wie er einmal geplant hatte. Auch dort konnte ihm ein Nagel auf den Leib rücken, der vielleicht auf denselben Plan verfiel, oder ein Hans oder ein Franz.

Das Grauen fiel ihn an; aber nicht gleichmäßig, sondern in Wellen wie Wechselfieber. Er fror, und er hoffte. Vielleicht war alles übertrieben. Er kann an den See zurück, der Nagel würde schweigen.

Er würde nicht schweigen, fror er von neuem, er würde ihm nie verzeihen, daß er im Lager Piaski durch seine Schuld nicht Oberaufseher geworden war. Er, Zillich, konnte das Leben nicht fortsetzen von Rattenloch zu Rattenloch.

Ein wenig Tageslicht, fahl, durchdrang die Äste, machte ihn ruhiger. Der einzige, der ihn sicher erkannt hatte, war dieser Nagel. Das andere war Hirngespinst. Er war ja nicht einmal sicher, ob damals im Dorf jener Mann ihn wirklich erkannt hatte. Wie hieß er noch? Ja, jetzt fiel es ihm ein, Kurt Volpert, Baracke 18. Er hatte sich sicher schon damals nur übertölpeln lassen. Der Volpert hatte ja gar nichts zu ihm gesagt. Er hatte sich einfach ins Bockshorn jagen lassen. Wahrscheinlich krähte kein Hahn nach dem Zillich. Das beste wäre, sich einfach nach Hause zu machen. Das war schon damals das beste gewesen. Kein Mensch hatte ihm im Dorf etwas vorgeworfen. Sein eige-

nes Weib, die elende Kreatur, hatte ihn ordentlich aufgenommen. Er würde daheim im Dorf unbeschadet leben
können. Ein Bauer unter Bauern.

Der starke Wind hatte den Regen vertrieben. Der Heimweg, den er jetzt vor sich sah, war zwar beträchtlich; er
machte sich aber getrost auf den Weg. Man hatte ja nicht
einmal in dem Sandbruch hinter Weinheim nach ihm ge-
forscht, obwohl dort schon eine Razzia zu seiner Zeit
stattgefunden hatte. Er mußte zurück ins Dorf. Sein un-
verdorbener Instinkt auf der ersten Flucht hatte ihm bereits geraten: Nichts wie heim, nichts wie heim.

Er schlug sich in dem triefenden Wald herum, bis er auf
eine Schneise stieß und von der Schneise auf eine grasige
Waldstraße mit den Spuren von Holzfuhrwerken. Er
kam an eine Siedlung von Köhlern, die hier oben ihr
Handwerk trieben, zigeunerhaft, unbeirrt von Krieg und
Frieden. Ein kleines verwildertes Mädchen brachte ihn
zu dem nächsten Gehöft. Er hatte in all den Wochen nie
mehr an Weiber gedacht. In seiner Angst hatte ihn gar
nichts verlockt. Das kleine verrottete Kind war so verwildert und zottelig wie etliche Mädchen, die er im Krieg zu
fassen bekommen hatte. Eh der Gedanke noch in ihm
braute, schoß es, vielleicht durch seinen Blick verwarnt,
vor ihm her durch den Wald, raste gegen ihn zurück,
schnurrte um ihn herum, eh er zupacken konnte, schoß
zwischen seinen Beinen durch in das Dickicht, schwang
sich von einem Geäst ins andere, wohin er so wenig hätte
folgen können wie ein Bär einem Vogel. Er war ganz ver-
blüfft. Das Kind zeigte plötzlich von einem Ast, auf dem
es herumritt, nach dem Giebel eines Gehöfts, das unver-
mutet auftauchte. Die Bauern wiesen ihm gleichgültig einen Schlafplatz beim Vieh. Sie waren kalte und harte
Leute; sie hätten genug an Obdachlosen. – Sie jagten ihn
morgens ins nächste Dorf. Er möge gefälligst die Beine
unter die Arme nehmen. Er brachte unglaublich schnell
eine Herberge nach der anderen hinter sich; er fürchtete

selbst, man könnte ihn jetzt noch vom See her verfolgen. Er hielt sich erst wieder für gerettet, wenn er in seinem eigenen Dorf untergetaucht war. Er kam zwar wieder mit leeren Taschen zurück; die Frau würde schon zufrieden sein mit seinen zwei starken Armen. Sie war ja auch damals bei seiner Rückkehr froh gewesen. Und was seine Nachbarn anging, die dummen Bauern, die würden ihn nehmen, wie er war: ein Heimgekehrter, ein Alteingesessener.

Er schlug einen Bogen um alle Orte, die er auf der Flucht berührt hatte. Er kam eines Nachmittags auf den Hügeln an, die sein Dorf umgaben. Er konnte nicht in das Tal sehen, weil ihm der Buchenwald die Sicht versperrte. Der Anblick des Flusses tröstete ihn, der ihm zu sagen schien: Ich habe dir gleich gesagt, daß du nicht von meiner Hand darfst. Er setzte sich unter eine Zwillingsbuche ins Gras. Sofort talwärts zu steigen, davor bewahrte ihn seine eingefleischte Vorsicht. Er sah sich genau die Äcker an, die zur Gemeinde gehörten. Sein eigener ältester Junge war auf dem Feld. Er pfiff zweimal kurz, zweimal lang, der Pfiff, der dem Jungen im Mark saß

Der Junge fuhr auch sofort zusammen. Er erkannte den Mann im Gras. Er bewegte sich auf die Zwillingsbuche zu, nicht schnell genug, aber geradewegs.

Er blieb einen Meter entfernt von dem Zillich stehen, sein kleines Gesicht war weiß wie eine Schneeflocke; seine kleinen Fäuste waren geballt. »He, du«, sagte Zillich, »ruf mal deine Mutter; sie soll mal sofort hierherkommen.« Der Junge hatte kein Wort gesagt; er sagte auch jetzt nichts. Er machte kehrt. Jetzt hätte ihm Zillich keinen Tritt in den Hintern zu geben brauchen, denn er stob davon.

Die Bäuerin kam schon nach zehn Minuten herauf. Sie hatte ein Päckchen in der Hand. Das legte sie zwischen ihn und sich selbst auf die Erde; sie setzte sich nicht. Sie sagte müde und langsam: »Ich habe dir etwas zu essen gebracht; auch alles Bargeld, was da ist, obwohl wir Schulden haben.«

Zillich sagte: »Wozu? Ich bin jetzt zurückgekommen. Hast was dagegen?« Die Frau hob ihre Arme. Sie sagte müde und eintönig: »Tu nur das nicht. Ich bitte dich herzlich, geh, Zillich! Laß dich ja nie mehr bei uns blicken. Wir haben schon soviel um deinetwegen ausgestanden, besonders der Junge. Du kannst dir nicht vorstellen, was man mir zugesetzt hat mit Fragen und mit Verhören. Dann ist zum Glück die Fabrik in Erbenfeld in die Luft geflogen, da haben sie sich beruhigt, weil sie geglaubt haben, daß du mit in die Luft bist. Sie waren dir nämlich inzwischen auf der Spur. Es ist schon schlimm, daß der Junge dich überhaupt noch mal gesehen hat. Geh also, so schnell du kannst.«

Zillich stieß heraus: »Du verdammtes Aas!«

Sie duckte sich, wie sie sich immer geduckt hatte, wenn er die Hand hob. Sie hörte geduldig das Geschimpfe an, das Zillich noch herauswürgte.

Zillich bewegte noch eine Zeitlang die Lippen, als sie schon weg war. Dann zog er sich mit zwei Händen hoch an dem gegabelten Stamm der Zwillingsbuche. Er tappte, er nahm das Päckchen vom Gras, er nestelte es an seinen Gürtel. Er stolperte die Hügel hinab, in die Richtung, aus der er gekommen war. Er ging aufs Geratewohl, ohne Ziel, ohne Vorsatz. Er kam an den Fluß, der unaufhaltsam, weißglänzend im Nachmittagslicht, leis murmelnd, alles an sich zog, was noch lebte. Er folgte dem Ufer entlang durch das Weidengebüsch seinem Lauf; denn sonst gab es nichts, dem er sich hätte anschließen können. Die Umrisse eines Dorfes auf dem gegenüberliegenden Ufer, das Weidengebüsch, ein Angler auf einem Stein, sie waren auf einmal deutlich und klar, wie alles am Abend, wenn die Sonne am schrägsten steht, als schiene sie vor dem Untergehen in die entferntesten Winkel. Die Kehle war ihm eng. Er dachte: So fängt es an. Man zieht das Brett unter einem weg; und schon hört man auf zu japsen. Er drückte die Schuhe fest in die Erde, die glitschig vom Herbst war. Er labte sich an dem zähen Morast, der jeden Schritt verzögerte. »Den kann man schließlich nicht einfach wegziehen; das würde euch freilich so passen.« Er fühlte sich jetzt belauert, genau und schräg. Er drehte ruckhaft den Kopf, doch statt eines wachsamen Auges ertappte er, blinkend im Abendschein, bald ein Astloch, bald ein welkes Blatt.

Ein feiner, dünner, im Abendlicht heller Faden lief quer vor ihm her durch die Luft von einem Ufer zum anderen. Das war das Drahtseil der Fähre, der der Fährmann mit seiner Stange nachhalf. Die Passagiere warteten schon in einer neuen Bude aus Wellblech. Man sah die Zwillingsbude auf der gegenüberliegenden Seite. Das Abendlicht versickerte in ihren Rillen, die in den Ritzen des Spiegelbildes mündeten. Und Zillich zitterte vor den Menschen, die in der Baracke warteten, er zitterte vor den Menschen, die jetzt gleich mit der Fähre landen würden, und vor dem Fährmann zitterte er, der ihn vielleicht erkannte, und er zitterte vor dem Spiegelbild der Passagiere und vor dem Spiegelbild des Fährmanns.

Er wartete hinter der Gruppe, die sich auf dem Landungssteg drängte. Er dachte, daß diese Leute mit ihren Körben und mit ihrem Werkzeug, der eine mit einem Hund, der andere mit einer Ziege, der dritte mit einem Holzkäfig, ihn wiedererkennen und ihm sein Leben abkürzen könnten. Und dieses Abkürzen seines Lebens, gar widerlich nah, gar ekelhaft eng, nahm alle seine Gedanken gefangen. Er dachte nicht an den Tod; der war hinter seinem Leben. Er hatte sich nie mit irgend etwas abgegeben, was außerhalb seines Lebens war.

Er sprang im letzten Augenblick mit gesenktem Kopf auf die Fähre. Es war jetzt dunkel, die Nacht ließ sich sternenlos trübe an und regnerisch. Der Fährmann drehte das Licht. Zillich rückte ab. Er fürchtete sich, ein bekanntes Gesicht zu entdecken in den Gesichtern und Schatten, die in dem Licht ruckten und zuckten. Er hatte sich einen Augenblick besser gefühlt, als die Fähre vom Ufer abgestoßen war. Wenn man nur wüßte, was einen am anderen Ufer erwartete. Vielleicht eine Faust in die Fresse, vielleicht Handschellen. Man konnte nur ruhig sein auf der Fahrt, auf dem schummrigen Fluß. Nicht einmal auf der Fahrt. Die Frau mit dem Geflügelkäfig im Schoß sah der Tante des Eichwirts aus dem Dorf verdammt ähnlich. Wie konnte das Weib nur wagen, mit seinen Hühnern und Küken sich ausgerechnet auf diese nächtliche Fahrt einzulassen? Was hatte denn ihresgleichen auf dem anderen Ufer zu schaffen? Sie sollte auf ihrem bleiben, sie sollte froh sein, daß sie nicht abfahren mußte. Jetzt schielte sie zwischen den Käfigstäben nach Zillichs Seite. Zillich drehte sich so rasch um, daß die Passagiere knurrten. Der Fährmann, indem er die Stange hob, wandte den Kopf nach dem Zillich, der sich auf die Bank gekrümmt hatte und den Kopf ins Wasser beugte. Die Leute lachten, einer äußerte seine Meinung: »Der hat was, dem kommt's hoch.«

Dem Zillich war diese Erklärung willkommen. Er rutschte auf seinen Knien bis auf den Rand der Fähre, er beugte sich so weit vor, daß seine Nase beinahe den Fluß berührte. Das alte Weib, durch seinen Käfig behindert, hätte ihn jetzt nicht erkennen können. Er luchste nach rechts und nach links in das dunkle Wasser, in dem sich die Schatten der Reisenden kräuselten, durchweht von dem zittrigen Band der Laterne. Die Fähre glitt voran, sobald der Fährmann mit seiner Stange zustieß, und jedesmal quietschte das Drahtseil, an dem sie von einem Ufer zum anderen glitt. Noch zwei solche Rucke, und man stieß an den jenseitigen Landungssteg. Davor hatte Zillich Angst, obwohl er sich sehnte, aus seiner gebückten Haltung erlöst zu werden. Machte der Fährmann dann kehrt, der kleine verwachsene Wicht mit den langen gewundenen Affenarmen? Zillich verfolgte im Wasser den Schatten seiner Stange und den krummen Schatten seines Buckels. Wie oft fuhr er wohl in der Nacht hin und her? Mindestens wieder zurück, denn auf dem Steg drängten sich auch hier drüben die Arbeitsleute und Bauern und Vieh. Er, Zillich, lief gleich Gefahr, auch auf diesem Ufer erkannt zu werden. Denn wen es zurückverlangte, der hatte auch etwas zu tun mit den Ereignissen in den jenseitigen Dörfern.

Er drehte sich vorsichtig um. Die Frau, die vielleicht die Tante des Eichwirts war, verließ schon die Fähre. Was macht sie hier drüben, das Weibsbild? dachte Zillich. Sein Wahn verging, der Fluß könnte ihn, einmal überquert, von der Vergangenheit abschneiden. Er wagte es nicht, die Gesichter zu prüfen, die bei der Landung gegen die Fähre drängten. Er merkte jetzt, daß die Dunkelheit gar nicht von der Nacht kam, sondern von dem drohenden Regen, denn aus dem sternenlos schwarzen Himmel blinkten immer noch fahle Streifen von Dämmerung. Er starrte aufatmend der Gefahr nach, die er wenigstens hatte fassen können: der Tante des Eichwirts, die sich ins Land bewegte, vielleicht nach dem Dorf, dessen spärliche Lichter immer noch zäh an der Ziegelei festhielten, die diese Gegend von jeher ernährt hatte. Die meisten stapften hinter ihr her, um vor dem Regen nach Hause zu kommen. Es war aber schon zu spät, die ersten Tropfen fielen schon beinah klirrend auf das Wellblech. Da die Fähre abstieß, drängten sich viele schimpfend unter das Dach. Jetzt waren in Zillichs Kopf auch jene Gedanken brüchig, die ihn sein Lebtag beraten hatten, wie er sich innerhalb seines Lebens stärken und allen Gefahren entgehen könnte. Er hörte aus dem Ärger der Leute, daß jetzt die Fähre zum letztenmal übergesetzt war. Der Fährmann hatte sein Nachtlager just auf dem anderen Ufer. Zillich wagte es nicht, in dem Regen nach dem Ziegeleidorf vorzudringen. Dort war er sowenig sicher wie hier, und hier blieb er immerhin trocken. Er hockte sich in eine Ecke der Bude, das Gesicht so tief in den Knien wie möglich. Der Regen prasselte schmerzhaft, als sei das Wellblech seine Haut oder seine Haut aus Wellblech. Er saß eine Stunde unbeweglich, er wartete auf gar nichts, nicht einmal darauf, daß der Regen aufhörte. Denn hätte er weiter gekonnt, wohin? Am besten, der Regen würde das Wellblech durchsticheln und ihn und alles darunter. Er würde sich auflösen. Er konnte dann nicht gefaßt werden. Dann war er erlöst von der Zwischenstufe, dem eklen Übergang, den er sich gern erspart hätte; denn das, was nachher war, ohne ihn selbst, das war unausdenkbar und auch des Nachdenkens gar nicht wert.

Es war still; der Regen war aus. Viele hatten den Schuppen verlassen, vielleicht, um im Dorf zu übernachten. Andere waren obdachlos und an jede Art Obdach gewöhnt. Zillich, vor der offenen Baracke, sah zwischen seine Knie über den Fluß hin. Neben dem Zillich lag einer in seinen Mantel gewickelt, seinen Kopf auf den Ellenbogen. Als er den Blick des Zillich erwischte, den er für schlafend gehalten hatte, begann er, auf ein Gespräch aus: »Eine Wand fehlt, aber wir haben ein Dach.« Zillich sagte: »Ja.« – »Jeder Ort ist mir auf Erden recht, um den kein Stacheldraht gewunden ist.« – »Ja.« – »Das kann jeder verstehen, der einmal in einem Lager eingesperrt war. Ich kann aufwachen, wo ich will, in einem Erdloch, in einem Boot, in einem Keller, jeden Morgen beim Aufwachen ist mein erster Gedanke: Ich bin frei.« Er sprach eifrig ins Dunkle, wie die sprechen, die sich nach Aussprache sehnen. »Mir kann zustoßen, was mir will, jedes Elend, jedes Unglück, wenn es mir nur in der Freiheit zustößt. Kannst du das verstehen?« – »Ja.« – »Ja. Jetzt kann vielleicht noch ein schwerer Kampf kommen, mag er kommen, ich bin ja frei. Warst du einmal in einem Lager?« – »Ja.« – »Auch! Wo denn?« Zillich sagte: »In Piaski.« – »Das ist ja wunderbar«, sagte der andere, stützte den Kopf auf beide El-

127

lenbogen, sein Gesicht blieb dunkel. »Wann denn? In welcher Baracke denn? Nämlich, ich war dort ein Jahr.« Zillich fühlte, wie ihn sein Herz nach unten zog, seine Arme waren papieren schlapp. Er log schnell eine Baracke, möglichst weit von der seinen weg, wo kein Gefangener je die Wächter seiner Baracke bemerkt haben konnte: »121 a.« »Lieber Gott, da sind wir ja beinah Nachbarn. 125. Habt ihr den dicken Bohland gekannt? Das war ein Übervieh.« Zillich sagte: »Nein.« Er hatte längst an den Bohland nicht mehr gedacht. Jetzt fiel er ihm wieder ein. Auch der Neid, der ihn damals nach dem Appell zerfressen hatte, als der Bohland für seine Dienste unter »Besonderem Kommando« belobigt worden war. Zu seinem Glück war die Nacht jetzt wirklich gekommen. Er drehte sein Gesicht gegen die Wand. Hinter ihm machte der Fremde noch ein paar Versuche, um ein Gespräch in Gang zu bringen, doch er bekam keine andere Antwort als Schnarchen.

Hinter ihnen lagen ein paar Männer; sie schimpften schläfrig über den frühen Herbst, über die neue Stadtverwaltung von Erbach, über die Unbill der Besatzung, über den Fährmann. Sie drückten sich, eben noch uneins über die Welt, im Schlaf wie Kinder zusammen. Einer blieb hocken und rauchte. Zillich sah mißtrauisch zu dem Lichtpünktchen. Schließlich erlosch es. Der Mann blieb vielleicht sitzen. Zillich dachte: Schläft er jetzt wirklich? Warum streckt er sich nicht? Wenn ich jetzt gehe, was tut er? – Denn er mußte ja gehen, bevor der Mann aus dem Lager Piaski aufwachte und im Morgenlicht sein Gesicht erkannte.

Bleiben ist schlecht, dachte Zillich, weggehen ist auch schlecht. Warum war er nicht schon verflüchtigt, unfaßbar, vermodert, aufgelöst? Eine Maus hätte durch die Ritze zwischen Blechwand und Baracke schlüpfen können und ein Käfer erst recht. Er aber, er war breit, er war grobknochig und stark. Er gab acht auf den sitzenden

Mann in der Ecke. Schlief er wirklich? Spannte er nur, bis sich Zillich aufrichten würde? War er vielleicht schon vor dem Regen auf die Fähre gekommen? War er nur Zillichs halber hier?

Zillich machte einen Sprung über die Schlafenden weg. Er schwenkte um die Bude; er stürzte einen Abhang hinauf, er wühlte sich in ein Gestrüpp, dann kroch er in eine Mulde zwischen zwei Hügeln; er horchte, es kam nichts nach. Der Mann in der Ecke hatte vielleicht geschlafen. Die Schlafenden hatten vielleicht seinen Aufbruch gar nicht beachtet.

Das nützte ihm nichts. Es gab keine Zuflucht. Sein Weib nahm ihn nicht auf und erst recht kein Fremder. Sein einziges Glück auf dem anderen Ufer hatte darin bestanden, daß man ihn dort schon für tot hielt. Hier auf dem Ufer gab es unzählige neue Gefahren. Es zog ihn nach dem Fluß zurück, der dunkel floß in der starren, stumpfen Dunkelheit. Das war seine einzige Hoffnung in dem Land und auf der Erde. Es hatte sich um sein Leben gekrümmt, dieses träge, mäßig breite Flüßchen, solange er zurückdenken konnte. Wieviel Flüsse er später auch überquert hatte, zwischen Rhein und Wolga, er hatte sie mit dem Flüßchen verglichen. Das beste wäre für ihn jetzt, zu verschwinden. Doch wie ihm dieser Gedanke kam, fing sein ganzer Körper als Antwort in jeder Faser zu leben an. Sein Herz setzte sich in Trab. Er roch den starken Herbstgeruch. Es juckte ihn unter der Achsel. Er hatte gewaltigen Hunger. Er nestelte an dem Päckchen in seinem Gürtel, an das er sich plötzlich erinnerte. Da war es schon besser, voran! Da war es schon besser, eine Bleibe zu finden, und sei es auch nur auf Zeit, und sei es auch nur, um sich satt zu fressen. Das war dann zwar auch keine Rettung, aber doch ein Aufschub. Er kroch den Abhang hinunter, er patschte durch einen Morast, er fürchtete sich jetzt, zu tief im Schlamm zu versinken; es war aber nur ein Herbstsumpf.

Er mied das Dorf bei der Ziegelei; wenn dort die Tante des Eichwirts war, dann waren gewiß dort noch mehr Gevattern und Vettern. Die Nacht ging zu Ende, wie sie begonnen hatte. Es gab nicht mehr Sonne hinter der Ebene wie von einem ausgewaschenen Blutflecken. Wie müde und hungrig er war, er mied die gerade Straße nach Erbach mit ihren Patrouillen und Posten.

Er stand nach geraumer Zeit am Rand der Stadt Erbach. Die Häuser waren geborsten oder zertrümmert; nur das alte wappengeschmückte Tor war erhalten. Zillich paßte den Augenblick ab, in dem die Wache den Rücken kehrte. Er zog, ohne sich umzusehen, eine Straße entlang, als könnte ihn einer erkennen, wenn er selbst einen erkannte. Es gab schon ein Straßenschild. Es gab schon ein handgeschriebenes Angebot: Hier vermietet man Schlafstellen. Die Wirtin wies ihm einen frischen Strohsack in einem kahlen, sauberen Raum. Die drei Schlafburschen, erklärte sie, seien schon auf Schicht. Wie er auf seinen Sack plumpste, sagte sie: »Die Schuhe bitte auszuziehen.«

Er hockte auf den gekreuzten Beinen. Er schnürte sein Päckchen auf, stopfte sein Maul voll Brot. Es klopfte an die Tür. Das Herz blieb ihm stehen, das Maul voll Brot. Ein flinkes Männlein schlupfte herein, ein Mispelzweiglein im Knopfloch. Es hob die Hand in die Luft. »Heil, Zillich, lieber Schulze.« Zillich sah stumpf zu ihm auf. Er kaute den Bissen fertig.

»Ich hab meinen Augen nicht getraut, wie ich dich lustig herein hab spazieren sehen in unsere gute, alte Freie Stadt Erbach.« Zillich sagte: »Was geht denn dich das an?« – »Mich überhaupt nichts. Wie du aus unserem Sandbruch verduftet warst, hab ich bei mir gedacht: Flieg, Vogel, flieg. Damals, als uns das Schicksal zusammengeführt hat – erinnerst du dich noch, auf der Landstraße hinter Weinheim –, was ist denn das für ein Galgenvogel, hab ich gedacht. Mal sehen, ob ich's rauskriege. Ich war kein bißchen erstaunt, wie man über dich später Näheres erfahren hat. Die Neugierde, weißt du, ist mir angeboren. Meine Mutter war schon eine furchtbar neugierige Frau; ich meine die Eva, die alte. Sonst hätte sie ja damals überhaupt nicht in den Apfel gebissen.«

»Scher dich zum Teufel!«

»Sofort. – Ich wünsche eine geruhsame Nacht.« Zillich drehte sich plötzlich um. »Halt, Freitag, bleibst du hier in Erbach?«

»Hast du was dagegen?« – »Laß dir nur nicht einfallen, mich zu verpetzen.« Seine Äuglein stachen wie giftige Nadeln. Freitag machte sogar »Au«. Er stellte einen Fuß in den Türspalt. »Das ist gar keine schlechte Idee von dir.« Zillich stemmte sich auf den Ellenbogen hoch. »Mach mal die Tür hinter dir zu.« – »Nee. – Ich hab überhaupt keine Lust zu einem traulichen Beisammensein. Die Wirtin übrigens, nebenan, die ist auch daheim. Setz dich mal ruhig wieder hin, wo du stehst.« Er betrachtete ganz vergnügt den Zillich, der da vor ihm stand und vor Mordlust stöhnte. Er pfiff. Auf einmal faltete Zillich die Hände. »Mein lieber Freitag. Du wirst doch so was nicht deinem alten Bekannten antun. Wir sind doch Kameraden.« »Wieso? – Ach so! Na, jedenfalls leg dich mal jetzt schlafen!« Seine Augen funkelten. »Ich will mir alles noch mal genau überlegen, dieweil ich die Treppe hinuntersteige. Wie hat Adolf Hitler gesagt? Gebt mir vier Minuten Zeit! Ich wünsche dir nochmals eine geruhsame Nacht.« Er drehte sich auf dem Absatz, indem er sein Mispelzweiglein zwischen zwei Fingern zwirbelte. Die Zimmertür ging, dann die Flurtür, dann die Haustür. Mit seinen kleinen, genauen Augen bohrte der Zillich durch das Nichts hinter ihm her zwei Löchlein in die Luft. »Das würde dem Schuft so passen, mich auch noch warten lassen, bis er mich anzeigt; mich zappeln zu lassen. Das würde ihm Spaß machen. Ja, so was macht Spaß. Ich aber, ich werde ihm diesen Spaß nicht machen.« Ein paar Stunden später klopften die heimgekehrten Schlafburschen aufgeregt nebenan an die Tür der Wirtin. »Sie haben uns ja einen netten Willkommensstrauß an den Fensterhaken gehängt. Ist das vielleicht, der da baumelt, ein neuer Mieter?« Der Lehrer Degreif kam frühmorgens aus dem Haus des Dorfbürgermeisters. Obwohl es kalt war, setzte er sich, bevor er ins Schulhaus ging, auf die Bank unter dem kahlen Kastanienbaum. Er hatte im Haus seine Erregung bei der Nachricht zurückgehalten. Jetzt hustete er sich aus. Er dachte: Mit mir steht es schlimm, ich werde höchstens noch zwei, drei Jahre Schule halten können; wir müssen alle mal dran. Ich jedenfalls bin doch glücklich, daß ich noch mal in Freiheit auf Erden lebe, auch wenn ich nur noch einen einzigen Tag Lehrer sein könnte.

Der erste Jungenschwarm rückte die Dorfgasse heran. Der kleine Zillich folgte allein, ein wenig später. Das Gewisper der letzten Monate hatte außen und innen einen gewissen Abstand zwischen ihn und die anderen gelegt. Der Lehrer rief ihn zu sich. »Ich muß dir was Wichtiges sagen, mein Junge.« Er sah den Lehrer aufmerksam an mit seinen grauen, mißtrauischen Augen. Er zog den Arm zurück, als ihn der Lehrer berührte; er konnte Berührungen nicht leiden. »Dein Vater ist tot«, sagte Degreif. »Man hat ihn in Erbach tot aufgefunden.«

Der Junge erstrahlte. Seine Augen glänzten auf; sein ganzes Gesicht strahlte vor Freude. Degreif spürte eine Regung von Bestürzung, sogar von Widerwillen. Er unterdrückte diese Regung. Von allen Schrecken der letzten Jahre erschien ihm der Freudenausbruch des Kindes der eisigste und der schneidendste. Er wollte ein Wort sagen; er schluckte es. Er fuhr mit der Hand durch das zottige, kurze Haar. Der Junge hatte nichts anderes als Schande und Ekel von seinem Vater erfahren. Der Vater hatte ihn in die Welt gesetzt und dann im Stich gelassen. Jetzt mußte ein anderer, ein fremder Vater, jetzt mußte er selbst für ihn sorgen.

# Anhang

# Zeitgenössische Rezensionen

zu: Anna Seghers, Der Ausflug der toten Mädchen und andere Erzählungen, Aurora Verlag/New York, 1. Auflage, 1946

### Drei Erzählungen von Anna Seghers
(Aurora Verlag,
N. Y. Auslieferung Schoenhof Verlag, Boston)

Beim Lesen der Bücher, die Anna Seghers in den Jahren des Exils schrieb, überwältigt oft der Eindruck, daß die Dichterin über einen Sinn verfügt, der ihr erlaubt, über Berge und Meere hinweg an Vorgängen in der Heimat teilzunehmen.

Solche Eindrücke beruhen auf der seltenen Intensität, mit der sich im Bewußtsein der Dichterin frühere Beobachtungen und Erlebnisse eingeprägt und geordnet haben. Sie bilden das Vermögen, das sie ins Exil mitnimmt, das um so mehr wächst, je stärker sie es angreift.

In der Erzählung »Ausflug der toten Mädchen«, in der sie im Tagtraum miterlebt, wie ihre Schulgefährtinnen im Nazi-Reich und Hitler-Krieg untergehen, porträtiert sie selbst den »seherischen« Zug ihres Schaffens.

»Man hat uns nun einmal von klein auf daran gewöhnt, statt uns der Zeit demütig zu ergeben, sie auf irgendeine Weise zu bewältigen«, erklärte sie am Schluß.

Ihre Weise ist, in vertraut gewordenen Erscheinungen nicht nur das Bestehende zu sehen, sondern hindurchzuschauen auf das Treibende, wie es zu Wachstum oder Fäulnis führt.

Die Flucht eines Mannes, der nichts bewältigen kann, weil er sich von klein auf demütig der Zeit ergeben hat, bildet die Haupterzählung des Buches »Das Ende«, ein

Nachspiel zum Siebten Kreuz, in welchem das Ende eines der Folterknechte verfolgt wird. Chamisso's Thema vom Mann ohne Schatten ist hier variiert zur Geschichte vom »Schatten ohne Mann«, hart und wahrheitsgetreu zum Ende geführt, bis zu dem Punkt, an dem der Sohn des Monstrums bei der Nachricht über den Tod seines Vaters erstrahlt: »Seine Augen glänzten auf; sein ganzes Gesicht strahlte Freude«. Der Überbringer der Nachricht spürt »eine Regung von Bestürzung, ja von Widerwillen. Von allen Schrecken der letzten Jahre erschien ihm der Freudenausbruch des Kindes der eisigste und der schneidendste. Er wollte ein Wort sagen; er schluckte es.«

Es sind keine mystischen Gaben, die Anna Seghers zu einer der großen Erzählerinnen unserer Zeit gemacht haben, es ist die Bewältigung der ihr von der Zeit gestellten unvorstellbaren Tatsachen und Vorgänge.

»German-American«     M. Schroeder
New York
August 15, 1946

Anna Seghers: *»Der Ausflug der toten Mädchen«*
(Aurora Verlag, New York)

Drei größere Erzählungen kreisen um den Zentralpunkt des Bösen, wie es der Welt des letzten Jahrzehntes unauslöschbar seinen Stempel aufgedrückt hat. Im »Ausflug der toten Mädchen« werden sanfte Erinnerungen an Schulkameradinnen traumhaft übergangslos und dadurch beängstigend eindrucksvoll verknüpft mit den gespenstisch-fürchterlichen Schicksalen dieser deutschen Mädchen im Reich der satanischen Willkür. – »Post ins gelobte Land« berichtet von jahrzehntelangen Leidens- und Irrwegen, glücklichen und schlimmen Tagen jüdischer Familienglieder. – Die längste Erzählung, »Das Ende«, stellt eine Bestie von KZ-Lageraufseher in die Mitte einer unerbittlich herannahenden Abrechnung. Wie dieser Menschenschinder und Mörder nach Kriegsende wieder als ruhiger und scheinbar ehrsamer Bauer seinen Boden bearbeitet, dann aber aufgestöbert wird, schlau wie ein Raubtier die Gefahr rechtzeitig erkennt, sich in die Büsche schlägt, getarnt an den Aufbau einer neuen Existenz geht, immer wieder scheitert, weil die Situation für ihn unsicher wird, wieder weiter muß, bis er, völlig müde gehetzt, die Rettung aufgibt und sich selber richtet – das ist in der behutsamen, anspruchslosen Steigerung, wie sie Anna Seghers den Katastrophen, die sie schildert, zu geben weiß, von stärkster Eindrücklichkeit. Sie bringt in ihren Erzählungen eine Menge Details, eine Fülle von Einzelzügen und kleinen Dialogen – ein Mosaik, das in jedem Steinchen echteste Farbe aufweist und als Ganzes zu einem großen einheitlichen Bild zusammenwächst, dessen Ernst und Wahrheit unverkennbar sind.

»National Zeitung«                                    Amf.
Basel
September 1946

Anna Seghers: »Der Ausflug der toten Mädchen« und
andere Erzählungen, Aurora Verlag, Newyork

Anna Seghers wurde 1900 am Rhein geboren. Dort hat
sie ihre Jugend verbracht. Sie studierte Geschichte und
Kunstgeschichte Ostasiens. Ihr 1929 erschienenes Buch
»Der Aufstand der Fischer von St. Barbara« bekam die
höchste Auszeichnung für Literatur, den Kleist-Preis. Es
folgten der Novellenband »Auf dem Weg zur Amerikani-
schen Botschaft« und der Roman »Die Gefährten«. 1933
wurden alle Bücher Anna Seghers' verbrannt. Sie mußte
nach Frankreich fliehen. Dort veröffentlichte sie die Romane »Der Kopflohn«, »Der Weg durch den Februar«
und »Die Rettung«. Als Hitlers Truppen Paris besetzten,
mußte sie wieder mit ihren zwei kleinen Kindern die
Flucht ergreifen. Erst nach Monaten gelang es ihr, ins un-
besetzte Frankreich zu kommen, wo ihr Mann in einem
Konzentrationslager saß. 1941 fuhr sie nach Mexiko, mit
ihrer Familie und dem Manuskript »Das siebte Kreuz«.
Dieser Roman erschien 1942 in Neuyork, wurde in fast
alle Sprachen übersetzt und verfilmt. 1944 erschien,
ebenfalls in Neuyork, der Roman »Transit«.

Wie der (verfilmte) Roman »Das siebte Kreuz«, zeigt
auch der vorliegende Band Erzählungen die unlösbare
Verbundenheit der Autorin mit der deutschen Heimat
und ihren Problemen, sowohl im Stoff wie in der geistigen Haltung. Im Stoff: Der »Ausflug der toten Mädchen« verknüpft sich in traumhaft-gespenstischer Vision
fernste Jugendzeit mit dem Geschehen der letzten Jahre;
die »Post ins gelobte Land« gibt menschlich ergreifende
Eindrücke aus der französischen Emigrationszeit wieder
und »Das Ende« greift ein heute in Deutschland aktuelles
Thema auf, die Flucht und Selbstvernichtung eines ehemaligen Konzentrationslager-Schergen. – In der geistigen
Haltung: Die ganze Dumpfheit und trostlose Ausweglo-

sigkeit, welche die innere Situation des heutigen Deutschen charakterisiert, spiegelt sich auch in diesen Erzählungen wider. Man verspürt den Mangel an metaphysischer Verbundenheit, der nicht einmal die Frage nach dem Sinn aufkommen läßt. So finden wir eine meisterhafte Darstellung des Gestern und Heute, ohne irgendeinen erkennbaren Willen zur aufbauenden, sinnerfüllten Zukunft. Symbolhaft dafür ist der Schluß der letzten Erzählung: Der kleine Sohn des KZ-Schergen freut sich über den Tod seines, der Familie nun zur Schande gewordenen, Vaters und erhält einen neuen Betreuer in seinem jungen Lehrer, einem schwindsüchtigen Todeskandidaten.

»Bücherblatt«                                                          Fl.G.
Zürich
31.1.1947

# Zu dieser Ausgabe

Die Texte dieses Bandes erschienen erstmals in der Ausgabe *Anna Seghers, Der Ausflug der toten Mädchen und anderen Erzählungen, Aurora/New York, 1946.*
Die Textgrundlage unserer Ausgabe ist aus: *Anna Seghers, Gesammelte Werke in Einzelausgaben, Aufbau-Verlag Berlin und Weimar 1977*, Band IX und Band X.

Entgegen den von Anna Seghers in *Der Bienenstock. Gesammelte Erzählungen in drei Bänden, Aufbau-Verlag Berlin 1963* angegebenen Entstehungszeiten ergeben sich aus ihrem Briefwechsel mit Wieland Herzfelde, in dem es u. a. auch um die Publikation des Buches im Aurora Verlag ging, andere Datierungen: »Post ins Gelobte Land« entstand nicht – wie »Der Ausflug der toten Mädchen« – 1943/44, sondern als letzter Text des Bandes im Herbst 1945 (als Manuskript am 23. Oktober 1945 an Herzfelde gesandt). Die Erzählung »Das Ende« beendete Anna Seghers im August 1945 und schickte sie durch ihren Mann Laszlo Radvanyi am 1. September an den Verlag. (Siehe *Anna Seghers. Wieland Herzfelde. Ein Briefwechsel. 1939–1946, Aufbau-Verlag Berlin und Weimar 1985*).

A. G.

# Literarische Spaziergänge
# mit Büchern und Autoren

Neue Promenade

12 | HERBST 2001

aufbau

Willem Frederik
**HERMANS**
Eine Wiederentdeckung: Cees Nooteboom
über «Die Dunkelkammer des Damokles»

Fred
**VARGAS**
Krimi-Autorin mit sprühenden Dialogen
und teuflischem Humor

Anatoli
**RYBAKOW**
Ein Leben, ein Jahrhundert:
Die Autobiographie des Bestseller-Autors
der «Kinder vom Arbat»

Der Schauspieler, Romancier und
Bühnenautor führt in seinem neuen
Roman einen furiosen Kampffeldzug
gegen das Schicksal

STEPHEN
Fry

MIT GESAMTVERZEICHNIS

Das Kundenmagazin der Aufbau Verlagsgruppe
Kostenlos in Ihrer Buchhandlung

Aufbau-Verlag

Rütten & Loening

AtV

Aufbau Taschenbuch
Verlag

Gustav
Kiepenheuer

Der >Audio< Verlag

Oder direkt: Aufbau-Verlag, Postfach 193, 10105 Berlin
e-Mail: marketing@aufbau-verlag.de
www.aufbau-verlag.de

Anna Seghers
Das siebte Kreuz
*Ein Roman aus
Hitlerdeutschland*

*Mit einem Nachwort
von Sonja Hilzinger*

*432 Seiten
Band 5151
ISBN 3-7466-5151-4*

Aus sieben gekuppten Platanen wurden im Konzentrationslager Westhofen Folterkreuze für sieben geflohene Häftlinge
vorbereitet. Sechs der Männer müssen ihren Fluchtversuch
mit dem Leben bezahlen. Das siebte Kreuz aber bleibt frei.

»Das bedeutendste Buch des Exils über das ›Dritte Reich‹«.

*Hans Albert Walter*

# A*t*V
Aufbau Taschenbuch Verlag